QUENTIN SUR LE QUAI

FRANÇOISE GRARD

ACTES SUD JUNIOR

Pour Clément.

1

PARMI TOUTES LES CHOSES DÉTESTABLES de la vie quotidienne, il y en avait une qui, pour Quentin William, dépassait les bornes : c'était de s'essuyer après sa douche avec une serviette humide.

Ce contact spongieux et froid hérissait sa peau, le mettait hors de lui. Il maudissait alors celui ou celle qui, l'ayant précédé dans la salle de bains, s'était trompé de serviette, alors qu'il se tuait à leur répéter que…

Pour se consoler, il se promit une fois de plus que, plus tard, il habiterait sur une île déserte où, d'ailleurs, il n'aurait même pas besoin de serviette, une île où il se nourrirait de bananes et de noix de coco. Même s'il n'aimait pas la noix de coco, même s'il avait horreur de la chaleur, même si la solitude, ça allait bien cinq minutes…

Comme l'heure tournait, il le sentait à la grande clarté qui montait derrière les vitres dépolies de la salle de bains, il se dépêcha de jeter dans le bac à linge sale la serviette et l'île déserte, puis se fit chauffer un bol de thé.

La radio, laissée allumée par son père, nasillait les nouvelles du jour. Pour Quentin, c'était là le bruit même de l'ennui. Malgré tous ses efforts, il n'arrivait pas à fixer son attention sur le débit de ces voix discordantes, à attacher de l'importance aux débats de l'Assemblée nationale ou à la situation dans le monde. Seule l'annonce de catastrophes savait lui faire lever le nez : un instant, il se tenait immobile, le bol au ras de ses narines, emporté dans le pays lointain où un tremblement de terre venait de broyer des centaines de malheureux sous des décombres, où des gens sans abri s'entassaient parmi les ruines, la main tendue vers des secours qui tardaient.

Alors seulement, son cœur se mettait à battre. Il fixait devant lui, à travers la fenêtre, la quiétude du jardin immobile dans la lumière du matin. Et le monde s'élargissait enfin, tandis que ses soucis à lui, ou sa simple morosité, s'estompaient.

Aujourd'hui, à la radio, rien qui pût le tirer de lui-même. Dommage. La neige tombée pendant la nuit festonnait le bord de la fenêtre, un silence englouti noyait, dans une même blancheur mate, le sol, le ciel et les collines du lointain. L'île déserte était polaire.

Quentin n'aimait pas la neige. Pas plus que la chaleur.

Et surtout, il trouvait niaises et surfaites les explosions de joie qui célébraient les premiers flocons que novembre balançait derrière les grandes vitres des salles de classe, et il aurait volontiers envoyé un coup de poing aux filles qui se dressaient sur leurs chaises en couinant, sous l'œil attendri des professeurs. Des professeurs femmes bien sûr, puisqu'elles étaient majoritaires dans la cohorte d'adultes bizarres et contraints qui formait l'équipe chargée de leur classe.

Sauf M. Aubier. Qui l'autre jour avait cloué le bec d'Aurore Mercandier en lui disant de s'asseoir, qu'elle n'avait plus dix ans, et que la neige était un phénomène météorologique comme un autre.

"Est-ce que la pluie vous met aussi dans cet état, mademoiselle Mercandier ? Après tout, dans le Jura, la neige est tout aussi banale !"

"Mais pas la première", avait miaulé Aurore, en arrondissant ses lèvres trop rouges.

Quentin avait grincé des dents sur le mot "première"... Sans savoir pourquoi, ce mot sonnait de façon déplaisante, presque obscène...

"Pétasse..." avait sifflé Vincent à côté de lui. Et Quentin avait souri à cet allié.

Hier... Comme il aurait préféré être à hier ! Avec son gel coupant qui raidissait le pays dans sa pureté, ce gel vaincu par l'amollissement de la neige de cette nuit.

Hier, encore inoffensif... car hier, il n'était qu'à la veille de son départ, et une journée, pour peu qu'on sache l'occuper, la faire durer, une journée de répit, permet de masquer l'inquiétante imminence de demain.

"Le train part à 14 h 34 !", lui avait rappelé son père, en coinçant le billet dans la glace du trumeau de l'entrée. Après une discussion ombrageuse, Quentin avait obtenu de ne pas aller au collège de la journée, compte tenu de l'heure de son départ. Maigre consolation dont il se demandait maintenant si elle en était vraiment une. Était-ce le silence de la maison désertée qui rendait plus pénétrante encore la pointe d'angoisse qui l'avait réveillé bien avant l'heure ?

Son père, qui partait à l'aube, lui avait fait ses adieux la veille. De façon virile, avec une bourrade dans le dos.

Quant à Violette, avant de claquer la porte, elle lui avait lancé un "bonne chance" maladroit, accompagné d'un regard timide et solidaire à la fois, derrière ses petites lunettes. Il n'avait rien su lui répondre, mais il avait regretté de la voir disparaître avec son sac de collégienne beaucoup trop gros pour ses frêles épaules.

Si sa sœur l'avait accompagné, peut-être aurait-il eu moins peur… "La peur", "la trouille", "les jetons", ces mots tressautaient en lui, comme des cailloux pointus que chaque mouvement de sa pensée agitait.

Comment employer les heures qui le séparaient du moment où il lui faudrait à son tour ramasser son sac et claquer la porte ?

Il repoussa son bol et se rendit dans le salon où la pénombre bleutée de la neige réduisait le piano à une lourde masse noire, tapie dans son coin.

“Surtout, n’oublie pas tes partitions !”, avait répété sa mère au téléphone la veille au soir. Pourquoi rabâcher des évidences… Agacé, il lui avait répondu sèchement qu’il savait ce qu’il avait à faire ; pour aussitôt se mordre la lèvre quand la voix au bout du fil s’était fêlée.

Il avait l’impression que tout le monde le poussait en avant, au bout du plongeoir, vers l’eau glacée… vers le piano à queue du concours d’entrée au Conservatoire national de Paris.

Brusquement, aujourd’hui, il ne savait plus d’où venait cette décision, ni qui l’avait prise à sa place. Car on l’avait bien prise à sa place, cette décision ! Et lui qui s’était laissé faire, lâchement…

Voilà, c’était exactement ça, il n’avait pas su dire non. Ni à son professeur de piano ni à ses parents quand on avait évoqué cette idée autour de lui, après son dernier succès à l’examen départemental : premier prix au conservatoire de Besançon dans la classe de piano.

Ça lui faisait une belle jambe… Et d’ailleurs, tout le monde s’en moquait bien, de ce succès, en particulier ses camarades de classe qui ignoraient jusqu’au nom des compositeurs dont il travaillait les œuvres trois heures par jour.

Pour tout dire, cette “spécialité” l’aurait d’ailleurs plutôt rendu impopulaire, puisqu’elle occupait pratiquement tous ses loisirs et qu'elle le coupait de la plupart des occasions de rencontrer ses amis.

Maintenant, c'était trop tard. Et à cet instant où le silence le poussait vers le tabouret du piano, il ne lui restait plus qu'à jouer, et encore jouer.

"Surtout, d'ici à ton examen, ne pianote pas ! avait insisté M. Magloire, son professeur. Contente-toi de travailler la technique, ou de reprendre les passages que tu appréhendes. Mais avec méthode, tu entends, avec méthode !"

Les touches blanches accrochaient la lumière rasante et luisaient doucement. Comme il aimait cet alignement parfait, le rythme des touches noires mordant la blancheur des autres, deux puis trois, deux puis trois.

Il effleura les basses, piqua un *sol* aigu puis, faute de mieux, s'assit. Allez, il allait s'offrir le Scarlatti, la sonate en *mi* majeur qu'il connaissait comme s'il l'avait écrite lui-même. Cette sonate où il se sentait chez lui. Heureusement, c'est par elle que commençait le concours. Il pourrait s'y chauffer les doigts, s'y réconforter, avant d'attaquer la sonate de Beethoven.

Il attrapa la partition posée sur son sac et l'ouvrit.

Ses mains chaudes, affirmatives, dévalèrent le clavier en conquérantes, puis ses doigts déroulèrent la mélodie, comme une étoffe soyeuse et chatoyante. Par chance, il était dans un bon jour : ses mains lui obéissaient, fortes et souples, accueillant sa volonté jusqu'au bout de leurs ongles ras.

Finalement, peut-être que tout se passerait bien, peut-être qu'il emporterait avec lui cet état de paix et de maîtrise qui était le sien en cet instant ? Il suffirait de ne pas quitter Scarlatti, de le chanter tout bas jusqu'au moment où il monterait sur l'estrade… Il caressa la partition surchargée d'annotations, cornée, marquée de traces de doigts.

S'il n'y avait eu que le concours… Mais, en plus, il lui fallait dormir chez sa fausse grand-mère, rue du Rocher, quelle horreur, mais quelle poisse !

"Tu ne t'imagines tout de même pas que je vais te payer l'hôtel ! s'était écrié son père quand Quentin avait protesté. Alors que tu peux dormir à l'œil chez elle !"

Ce cynisme affiché était bien dans les manières de son père quand il évoquait la seconde épouse de son beau-père, cette belle-mère que la mère de Quentin avait subie dans sa jeunesse. Et Quentin ne l'en blâmait pas pour autant.

Mais ce n'était pas lui qui allait devoir supporter "la marâtre", comme on l'appelait parfois dans la famille. Car les relations depuis tant d'années étaient si distendues que le mot de "grand-mère" n'évoquait pour personne sa traditionnelle image d'indulgence et de générosité. Rien à voir avec les "mamies" les "mémés" des copains. Rien, vraiment. Des rencontres protocolaires, dont la dernière devait bien remonter à quatre ans, à l'époque de l'enterrement du grand-père.

Quelques rares images, vite chassées, d'une dame en noir qui les avait sèchement embrassés, Violette et lui. Leur mère très raide, à côté du cercueil, le vrombissement de l'orgue, des mains gantées qu'il avait serrées après l'office dans un nuage de chuchotements, puis le retour en train. Voilà tout ce qu'il en restait.

Seul persistait pour Quentin le souvenir de sa mère dans le wagon du retour, un souvenir précis comme s'il avait appartenu à une époque plus récente. Tournée vers la fenêtre, silencieuse, son doux profil où tressaillait son œil fixé sur le défilement du paysage. De temps à autre, son père tapotait son genou en écartant les enfants inquiets de ce mutisme.

Et puis plus rien pendant quatre ans.

Jusqu'à ce que, deux mois auparavant, la mère de Quentin reçoive un coup de téléphone. "Elle est malade, très malade", avait-elle glissé à son mari en se rasseyant à table. Et depuis, sa mère montait à Paris régulièrement, pour s'installer au chevet de la vieille dame le temps du week-end.

À son retour, personne ne posait de vraies questions. "Ça va ?" tout au plus, quand elle déposait sa valise dans l'entrée et cherchait ses enfants à travers la maison sans même retirer son manteau. On la sentait si avide de les embrasser, de les serrer contre elle, de les bombarder de questions sur ce qui s'était passé pour eux en son absence… Si bien que Quentin, malgré ses quatorze ans, n'osait pas contrarier son besoin de tout effacer en assouvissant "sa faim d'enfant", comme elle disait.

Bien sûr, il arrivait qu'elle baisse la voix ou s'interrompe quand Quentin surprenait une conversation entre ses parents dans la cuisine. Elle s'en excusait en levant les yeux immédiatement vers lui, pour lui signifier qu'elle avait bien conscience que ce n'était pas très "gentil" de l'exclure, mais que c'était mieux ainsi.

À vrai dire, Quentin n'éprouvait pas de curiosité véritable à l'égard de ces événements lointains, sans incidence réelle sur sa vie. Après tout, elle n'était pas leur vraie grand-mère. Pourquoi sa mère se donnait-elle tant de mal pour cette étrangère glaciale ?

Jusqu'à cette décision abrupte de le loger rue du Rocher. Car on ne désignait jamais nommément la grand-mère ; elle était aussi "la rue du Rocher".

"Mais tu seras là, au moins ?", avait-il anxieusement demandé. Avant de répondre, sa mère avait ouvert le tiroir des couverts en se détournant. "Non, enfin, seulement au début. Ensuite, je profiterai de ta présence pour dîner avec Florence et Marc que je n'ai pas vus depuis une éternité..."

Quentin avait protesté : "Tu ne vas pas me laisser seul avec elle tout de même !"

Sa mère avait hésité, puis en serrant les lèvres, elle lui avait lancé avant de tourner les talons : "C'est ta grand-mère après tout !"

Et comme Quentin cherchait de l'aide du côté de son père, celui-ci s'était contenté de ricaner en haussant les épaules.

2

PARMI TOUTES LES CHOSES DÉSAGRÉABLES de la vie quotidienne, il y en avait une qui, pour Sylvain Aubier, dépassait les bornes, c'était la panne de café.

Il se souvenait bien, pourtant, qu'hier en raclant le fond du bocal vide, il s'était fait la remarque qu'il lui faudrait en acheter d'urgence... Mais, une journée de cours, trois coups de téléphone enchaînés à une heure impossible, sa valise faite en catastrophe, et le café avait été relégué dans cette consigne de la mémoire qu'il ne visitait que dans ses moments de loisir.

Et de loisir, il n'en était pas question depuis deux jours. Jusque tard dans la nuit, il avait relu fébrilement la conférence qu'il devait donner à la Sorbonne ce vendredi et, au moment de la donner, voilà qu'un doute pénible se déversait comme une eau sale sur les vingt feuillets de son travail.

Est-ce que finalement elle tenait debout, cette conférence sur "La solitude des êtres" dans l'œuvre de Michel Butor ?

Creuse, prétentieuse, vaine, voilà comment lui apparaissait cette démonstration tandis qu'il agitait un sachet de thé noirâtre dans son bol matinal. Pure vanité aussi, ce besoin d'aller se produire devant une assemblée de professeurs éminents qu'il allait certainement ennuyer à mourir.

Mais il était trop tard, on l'attendait, son billet de train crissait dans la poche de sa veste et son maigre sac de voyage montait la garde devant la porte.

"Tout le monde s'en moque, de ton Michel Butor !", avait déclaré Sophie furieuse : une fois de plus, les occupations de Sylvain les séparaient. Elle qui aurait voulu aller passer le week-end à la montagne dans cette chambre d'hôte minuscule, coincée sous le toit d'un chalet, où ils avaient, un mois auparavant, oublié ensemble tout ce qui ne concernait pas le début de leur histoire, au profit de la beauté de la nature et des plaisirs de la neige.

Le principe qui gouvernait l'existence de Sophie était celui de l'utilité. Son métier d'infirmière, elle l'avait choisi pour son caractère concret, son "utilité", précisément, et elle se moquait volontiers des efforts que Sylvain déployait pour tenter d'intéresser ses élèves. "Vous feriez bien mieux de leur apprendre un métier ou, je ne sais pas, moi, à recoudre des boutons ou à réparer une fuite d'eau ! Leur parler de Marcel Proust ou de Molière ! Quel temps perdu !"

Sylvain l'écoutait sans se défendre ; en fait, il ne l'écoutait pas. Mais il s'enfermait alors dans le souvenir du bonheur qu'il avait connu, adolescent, auprès de Baudelaire, Marcel Proust ou Racine, un bonheur qui l'avait consolé, éclairé, grandi, et qu'il ne désespérait pas de communiquer aux élèves rétifs qui lui étaient confiés.

Cette fois, Sophie s'était fâchée : "Tu m'avais promis que nous retournerions aux Seignes à la mi-janvier. Tu l'avais promis ! Souviens-toi, le jour où tu ne m'as pas accompagnée à ce dîner chez Claire, sous prétexte que tu n'avais pas terminé ta conférence. Eh bien, vas-y, à Paris. Mais je ne te garantis pas que tu me retrouveras au retour. J'en ai assez de passer ma vie à t'attendre ou à te regarder corriger tes copies."

Tout en mettant un peu d'ordre dans sa cuisine négligée de célibataire, Sylvain céda au flot d'images qui déferlait sur cet instant de solitude concentrée, la solitude qui précède le départ : Sophie toute rose, emmitouflée dans son anorak, qui riait en rechaussant son ski, Sophie qui secouait une branche de sapin sur la tête de son compagnon pour l'asperger de neige fine, Sophie brisée de fatigue et de grand air qui s'endormait sur le bord de sa chaise sans finir son omelette…

En claquant la porte derrière lui, il accéléra le pas, non pas parce qu'il était en retard, mais parce qu'il tentait de brouiller dans sa tête ce bruit de lavabo qui se vide : celui d'une journée qui est en train de perdre son sens.

3

PLACE N° 22, PRÈS DE LA FENÊTRE, c'était bien cela... Quentin se laissa tomber sur le siège en calant son sac entre ses jambes. Maintenant qu'il était installé, que plus rien ne dépendait de lui, l'angoisse décrochait un peu sa griffe.

Il avait soigneusement rangé la cuisine, vérifié le gaz, les lumières, puis tué les dernières minutes devant la télévision jusqu'à ce qu'un coup d'œil jeté à sa montre l'ait fait bondir du canapé. Quand on a trop d'avance, on finit toujours par se mettre en retard...

Autour de lui, des voyageurs prenaient place et, après le brouhaha de la gare, le calme ouaté du wagon faisait du bien. Si la place d'à côté restait vide, ce serait parfait. Devant lui, le dossier du siège offrait un rempart épais, et l'allée centrale, un vide infranchissable. Il serait chez lui dans ce quart de mètre carré, libre de rêvasser ou de lire...

En se retournant vers la vitre, il observa un instant son reflet : un garçon hirsute, aux yeux sombres, très enfoncés, à la bouche charnue ; trop charnue à son goût, et dont il avalait les lèvres en faisant saillir son menton.

Après l'annonce du départ, le train glissa, prit de la vitesse et stabilisa bientôt son ronronnement.

Il allait pouvoir lire un peu, écouter de la musique sur son MP3, croquer le sandwich que sa mère lui avait préparé. Et même étudier ses partitions, comme le lui avait recommandé M. Magloire : “La fin du Scarlatti, on sent bien que tu ne la sais pas PARFAITEMENT ! Tu la devines parce que tu l'aimes, mais en musique, l'amour ne suffit pas : tu ne seras jamais à l'abri d'un « blanc » !”

Scarlatti… ! Au milieu d'un flottement, d'un presque bien-être, Quentin, brutalement, se raidit. Un avertissement aigu comme un coup d'ongle venait de le traverser. Il plongea entre ses jambes, ouvrit son sac ; avant même de l'avoir vérifié, il sut que la partition de Scarlatti n'y était pas.

Tonnerre dans sa tête ; puis, l'éblouissement d'une révélation : la partition, elle était restée ce matin sur le piano, après qu'une sonnerie du téléphone l'eut interrompu dans son jeu. Ensuite, il l'avait oubliée. Maintenant, il la voyait, presque palpable : elle le narguait, ouverte à la bonne page, éblouissante de blancheur contre le bois noir, dans la maison de Besançon.

Un nouvel éclair douloureux déchira sa poitrine, il jura en se balançant d'avant en arrière sur son siège.

Sans partition, il était perdu, foutu, condamné comme le funambule privé de son balancier. Une nausée subite le souleva sur son siège, une nausée qu'il avait déjà connue, au moins une fois. Mais quand ? La même envie de vomir, le ventre vide. La même, mais quand ?

Le jour où, tenant sa cousine Diane par les deux mains, il l'avait fait tourner autour de lui. Leurs mains serrées avaient glissé : Diane s'était envolée, les yeux écarquillés, puis s'était abattue sur son menton qui avait éclaté. La même nausée…

Tout seul, son poing partit frapper violemment le dossier face à lui.

— Il est malade, celui-là !

La tête furieuse d'un voyageur chauve surgit au-dessus de l'appuie-tête, comme une marionnette au-dessus d'un rideau.

— Excusez-moi, balbutia Quentin, dont les yeux se remplirent de larmes.

La confusion le tassa sur son siège, et il mordit son poing. Derrière la vitre, le train longeait maintenant à toute vitesse des poteaux télégraphiques dont les fils s'emmêlaient comme une partition brouillée. Une partition folle, aux notes explosées, aux croches tordues…

Alors, fébrilement, Quentin sortit le bloc de feuilles où il avait consigné les dernières recommandations de M. Magloire. Sur une page blanche, il traça les cinq lignes d'une portée et entreprit de reconstituer le début de la sonate. D'abord, le grand trait de la main droite, allez, vite, la suite allait venir ; puis la mélodie qui s'amorçait : *sol*, *si*, *do*, *mi*… Mais ensuite, ensuite !!! Il raya, recommença, mais plus il s'obstinait, plus la mélodie lui échappait, brisée dans son élan.

Autre chose, il fallait trouver autre chose : il jeta le cahier, abattit la tablette fixée sur le siège avant. Sur ce support étroit, ce ridicule clavier muet, il plaça ses mains, ferma les yeux et joua, les dents serrées, en chuchotant les notes. Mais arrivé au *do*, *mi*…, la mélodie se rompit à nouveau, comme un collier de perles.

C'était l'amnésie, la panne… le blanc du grand trac, alors qu'il n'était même pas encore arrivé à Paris.

Il sortit la partition de Beethoven.

Le ventre satisfait du B l'irrita comme un gros rire qu'on lui aurait jeté à la figure. Et les premières notes de cette sonate-là, qu'il avait toujours trouvée un peu ronflante, défilèrent, placides, évidentes, prévisibles.

Scarlatti, lui, s'était enfui, comme un serpent dans le sable.

Vingt minutes seulement s'étaient écoulées depuis le départ, et il lui faudrait encore subir pendant trois heures la brûlure de son humiliation. C'était intolérable. Il se détestait, se méprisait, se… "Petit couillon !", hurlait parfois son père à son adresse. Voilà !

Et si en arrivant, il se précipitait dans un magasin de partitions ? Mais où ? Et arriverait-il avant la fermeture ? Et le lendemain matin ? Impossible, il devait de présenter à 9 heures au Conservatoire, et tout retard serait une catastrophe. On prévoyait une centaine de candidats… un de plus ou un de moins…

Bien sûr, la consigne était de jouer par cœur. Pourtant, combien il était rassurant de pouvoir consulter sa partition jusqu'au dernier moment !

“Rue du Rocher, il y a un piano magnifique, tu pourras t'exercer”, avait répété sa mère pour tenter de le convaincre. Tu parles !

Le quart de mètre carré devenant suffocant, Quentin se leva et remonta l'allée centrale droit devant lui.

Des wagons, les soufflets où hurlaient les rails, le wagon-restaurant, encore un soufflet, le dernier wagon avant la locomotive, il n'irait pas plus loin.

Au bout du convoi, Quentin rebroussa chemin, en dérangeant les mêmes vieilles dames avec leur magazine, la même troupe de sportifs qui vociférait en commentant le dernier match, la même petite fille endormie dont les pieds dépassaient du fauteuil.

Un dossier étalé sur une tablette accrocha la manche de son blouson. Des feuillets glissèrent et s'abattirent sur le sol, déployés en éventail.

— Pardon, murmura Quentin entre ses dents, en plongeant en avant.

En relevant la tête vers le voyageur à demi redressé sur son siège, le garçon s'écria :

— Monsieur Aubier !

4

LE JEUNE PROFESSEUR SOURIT, s'empressa à son tour. Coude à coude, ils ramassèrent les feuillets.

— Quentin, quelle bonne surprise ! Tu vas aussi à Paris ? Assieds-toi un instant !

Horriblement gêné, Quentin sentit une giclée de réticence brûler le fond de sa gorge.

Pas lui ! Pas son prof ! Surtout pas là, maintenant. C'était déjà bien assez embarrassant de le croiser dans le "civil", mais dans ces circonstances... Il balbutia :

— Excusez-moi, je suis pressé !

Et sans mesurer l'absurdité de ce qu'il venait de dire, il s'enfuit en s'accrochant à tous les dossiers des sièges qui tombaient sous sa main.

Un wagon plus loin, il s'affala sur son siège, non sans surveiller les réactions de l'homme chauve devant lui.

Être seul, disparaître, si le monde entier pouvait l'oublier... Ou dormir ? Il ferma les yeux, serra les dents, et appela le sommeil de toutes ses forces. Son cœur cognait, ses mains tremblaient sur les accoudoirs.

— Ça ne va pas ? fit une voix au-dessus de lui.

Quentin retint ses paupières qui voulaient se soulever. Peut-être qu'en s'obstinant…

Une main se posa doucement sur son épaule.

— Quentin ?

Penché sur lui, le visage de Sylvain Aubier le surprit. C'était lui sans être lui. Ce front lisse, que ne fronçait aucun sourcil, ce col ouvert qui dégageait son cou mince, presque enfantin… Ou était-ce l'absence de lunettes ?

— Excuse-moi, reprit le professeur, mais j'ai eu l'impression que tu ne te sentais pas bien. Tu voyages seul ?

Quentin opina silencieusement et se redressa sur son siège. Soudain ce regard plongé dans le sien, alors qu'il le fuyait deux minutes auparavant, il eut envie de s'y suspendre. C'était un regard d'un bleu transparent, attentif, réconfortant.

— Viens, on va aller boire quelque chose au bar.

Quentin ne réfléchit pas, ne balança pas. Sur le parcours accidenté de cette journée, quelque chose s'aplanissait enfin, coulait sous ses pieds comme l'escalator parvenu au sommet de son ascension quand les marches s'abaissent pour former une dalle.

Et puis, il n'était plus très sûr que ce jeune homme compatissant fût vraiment son professeur de français. Plutôt le frère cadet de celui qui, en élevant la voix pour se faire entendre des élèves de la 3e E, se raidissait sur l'estrade comme un planton.

Le bar Corail était vide ; ils s'accoudèrent à la tablette fixée contre la vitre.

Cependant Quentin eut bien du mal à répondre aux questions de Sylvain Aubier. D'une voix rauque, en mangeant ses mots, il évoqua le concours, motif de son voyage à Paris, mais se tut sur l'oubli de la partition.

— Je ne savais pas que tu jouais du piano à ce niveau presque professionnel, déclara Sylvain en se tournant vers lui. À vrai dire, je ne savais même pas que tu étais musicien… On sait si peu de choses sur ses élèves.

Quentin se contenta d'avaler une gorgée de soda. Le train franchit un passage à niveau au milieu d'une sonnerie stridente.

— … Voilà peut-être pourquoi je te trouve, comment dire, souvent un peu distrait à mon cours ! poursuivit Sylvain avec un sourire.

Quentin réagit d'une voix raffermie :

— À votre cours plutôt moins qu'à d'autres, monsieur…

— Vraiment ?

Quentin hésita ; il n'allait tout de même pas faire le fayot. Mais il était sincère…

— Ce n'est pas parce qu'on ne "participe pas" qu'on n'est pas attentif. Vous, les profs, vous ne vous intéressez qu'à ceux qui passent leur temps à lever le doigt pour se faire remarquer.

Sylvain sourit à nouveau :

— Comme Aurore Mercandier ?

Quentin lui jeta un coup d'œil de côté ; il crut flairer un piège, mais passa outre :

— Quelle pétasse, celle-là !

— Je n'utiliserais sans doute pas ce terme, mais... je ne te donnerais pas tort non plus !

Une onde de soulagement passa sur le cœur de Quentin :

— Alors, vous aussi vous la trouvez...

Sylvain reposa son gobelet de café, en savourant la chaude présence de son cher breuvage au fond de son estomac :

— Ne laissons pas Mlle Mercandier gâcher notre voyage. Parle-moi plutôt des morceaux que tu présentes à ton concours.

À nouveau crispé (un instant il n'avait plus songé à sa partition), Quentin s'expliqua brièvement.

— Scarlatti, j'adore... murmura Sylvain.

Quentin s'écarta un peu et, d'une étreinte brutale de ses doigts, écrasa son gobelet de plastique. Après avoir visé le panier prévu à cet effet, il jeta un regard mauvais à son professeur.

Sylvain lui rendit son regard, paisiblement :

— J'imagine que c'est assez stressant, tout ça... Tu as le trac, n'est-ce pas ?

— S'il n'y avait que ça... répondit durement Quentin.

Mais il n'alla pas plus loin.

Après un instant de silence, d'un même mouvement, ils se tournèrent vers la vitre.

Le train perçait maintenant une épaisse forêt qui se serrait de part et d'autre des rails. La neige avait subitement disparu ; de noires allées détrempées s'ouvraient un instant, vite refermées.

Puis la forêt sembla faire un bond en arrière, et le train fendit un damier de champs beiges et bruns.

C'est alors que le portable de Quentin fit entendre sa sonnerie aigrelette. Sylvain s'écarta d'un pas et se concentra sur le fond de son gobelet.

— Oui ? fit Quentin.

C'était sa mère. Quentin se détourna à son tour, gêné. Elle allait encore le couvrir de recommandations… et de ridicule.

Mais sa voix altérée était presque sèche. L'état de la grand-mère s'était subitement aggravé ; elle l'emmenait à l'hôpital, mais elle serait à la descente du train pour lui donner les clefs de la rue du Rocher en vitesse.

D'un "OK" abrupt, Quentin coupa court et claqua le couvercle de son portable.

— Mauvaise nouvelle ? demanda Sylvain sans se rapprocher pour autant du garçon.

Celui-ci serrait les lèvres, et son pied tressaillait sur la barre d'appui qui courait sous la tablette.

— Ma mère, une complication…

Sylvain prit alors une grande inspiration.

— Écoute, Quentin… je comprendrais parfaitement que tu ne souhaites pas me mêler à tes histoires. Tu es grand… mais j'ai vraiment l'impression que ça ne va pas fort. Si tu m'expliquais tout ça ? Je pourrais peut-être t'aider…

Quentin immobilisa sa jambe et jeta un coup d'œil à son professeur. Il hésita, décontenancé : toujours cette impression de décalé. Ce n'était pas la même voix, la voix du collège avec laquelle M. Aubier répétait à longueur d'année : "Si vous ne comprenez pas le texte, venez me voir avant d'écrire n'importe quoi !" Non, ce n'était pas cette voix contrainte qui donnait l'impression d'être dictée par un devoir, et surtout de ne s'adresser à personne en particulier. Et d'ailleurs, personne n'avait jamais répondu à sa proposition, sauf Aurore Mercandier qui, de toute façon, n'avait pas besoin d'explications pour rafler les meilleures notes en français… Mais par où commencer…

— J'ai oublié ma partition de Scarlatti, finit-il par lâcher.

Voilà, c'était dit. Et cette déclaration si grosse de conséquences pour lui, il l'envoya s'écraser contre la vitre du wagon.

À ses côtés, Sylvain Aubier se redressa. De ses pouces insérés dans sa ceinture, il enfonça les pans de sa chemise dans son pantalon, avec lenteur, application :

— J'avoue que…

Une accélération du train lancé dans une ligne droite couvrit la fin de sa phrase.

— … mais il y a peut-être une solution. L'ami qui me loge ce soir, à Paris, car je vais aussi à Paris, aurait peut-être le temps de passer acheter la partition chez un marchand. Qu'est-ce que tu en penses ?

Machinalement, Quentin regarda sa montre. Il n'était que 3 heures. Bien sûr qu'il avait le temps… Oh, ce serait si simple… Une seconde, un rêve qu'il avait fait la nuit même le visita : une montagne, couverte de cendres, qui s'était écroulée sous ses yeux, pour le laisser passer.

Vite, vite, maintenant qu'il tenait la solution…

— C'est la sonate en *mi* majeur L 23… il la trouvera sûrement, c'est une des plus célèbres.

5

ASSIS CÔTE À CÔTE (le garçon avait finalement abandonné sa place et l'inquiétante proximité de "l'homme chauve"), Sylvain et Quentin bavardaient maintenant, bercés du même roulis, dans le même mi-voix confondu, les yeux fixés devant eux. Leurs mains, posées sur les tablettes rabattues, il sembla à Quentin qu'elles étaient identiques : nerveuses, sèches, avec des doigts longs comme des baguettes de tambour. C'était tellement frappant que, au lieu de ponctuer ses paroles de coups d'œil vers son interlocuteur, Quentin parlait à ces deux grandes mains à côté de lui qui lui semblaient les siennes.

— Pascal va me rappeler dès qu'il aura trouvé la partition. Il connaît un marchand quai des Grands-Augustins. Mais dans le pire des cas, tu pourras toujours emprunter celle d'un autre candidat.

— Ah, non, ça ne se fait pas du tout !

— Et pourquoi donc ?

— Parce que c'est très personnel, une partition !

Les miennes sont couvertes d'annotations. Et puis il y a les doigtés, le numéro des doigts pour les passages difficiles, et ça c'est irremplaçable… comme un secret de fabrication.

— Depuis le temps que tu travailles les morceaux, tu pourrais t'en passer… Et de toute façon, j'imagine qu'on vous demande de jouer par cœur.

— Ce n'est pas la question ; jusqu'au dernier moment, une partition, c'est un gilet de sauvetage, on ne s'en sépare jamais. Et puis, personne ne voudra jamais me passer la sienne. C'est un principe !

— Drôle de principe…

— C'est que vous ne connaissez pas le monde des concours !

Sylvain appuya sa tête contre la vitre pour regarder le garçon et demanda d'une voix modifiée, plus légère :

— C'est si important pour toi, ce concours ?

— C'est important pour mes parents.

— Je t'ai demandé si c'était important pour toi…

— Je ne sais pas… par moments oui, par moments non…

Sylvain Aubier leva les yeux au plafond pour lancer sa prochaine question, et Quentin nota que ça, il le faisait en classe.

— Voilà : si tu apprenais dans ce train que le concours est supprimé ou si tu tombais brusquement malade, au point que tu serais dans l'impossibilité de te présenter, est-ce que tu serais déçu ou bien soulagé ?

— … les deux, je crois…

— Alors, c'est une histoire compliquée…

— Très ! Si vous saviez comme c'est important pour ma mère ! On dirait que c'est elle qui le passe, ce concours ! Jusqu'à me faire dormir tout seul ce soir dans cette rue du Rocher que je déteste, pour que je puisse m'exercer jusqu'au dernier moment !

— Rue du Rocher ?

— Oui, c'est chez ma fausse grand-mère dont je me fous éperdument, et qui est en train apparemment de mourir.

Sylvain leva un sourcil arqué où Quentin lut de la réprobation :

— Je vous choque, hein ?

— Pour être choqué, il faudrait déjà comprendre la situation.

— Elle n'est que ma belle-grand-mère… enfin vous comprenez, la seconde femme de mon grand-père. Parce que belle, elle ne l'est pas du tout. Mais alors, pas du tout. Lui, il est mort il y a plusieurs années, et sa femme, du jour au lendemain, elle nous a tout simplement tourné le dos. À ma mère comme à nous. Mais depuis qu'elle est malade, je ne sais pas pourquoi, soudain, ma mère est aux petits soins pour elle. Elle passe ses week-ends à Paris pour la soigner alors que pendant des années, elles se sont détestées.

— Il y a peut-être des choses que tu ne sais pas…

— Je sais surtout que ma mère revient dans tous ses états, même si elle essaie de faire bonne figure.

— C'est son histoire à elle. Tu ne peux pas comprendre…

Quentin claqua sa main sur l'accoudoir :

— Alors qu'elle nous laisse en dehors de tout ça !

— N'est-ce pas ce qu'elle fait ?

— Pas en m'imposant de dormir là-bas !

Quentin avait presque crié ; il se tourna vers Sylvain Aubier et fut surpris du grand sourire qui éclairait le visage si sérieux d'ordinaire du jeune homme.

— Es-tu bien sûr que ce soit si grave ?

À ce moment, un contrôleur bedonnant se pencha vers eux en faisant cliqueter son passe métallique. Après qu'ils eurent présenté leurs billets, Sylvain fourragea nerveusement dans son cartable bourré de papiers, et il fut trop tard pour que le garçon s'interroge sur la remarque de son professeur. D'ailleurs, presque immédiatement, ce dernier se mit à bâiller en écrasant sa bouche contre sa main, et déclara :

— Tu sais, Quentin, je vais aussi à Paris pour une sorte de concours. Je dois faire demain à l'université une communication sur mon écrivain préféré. Et… je n'ai pas beaucoup dormi cette nuit. Alors, je crois que je vais faire un somme…

Puis il se cala contre l'appuie-tête en croisant ses bras et ferma les yeux.

Un peu surpris, Quentin se fit tout petit sur son siège. Un professeur qui dort, c'était tellement bizarre, déplacé même. Une faute de goût, en quelque sorte.

Les professeurs avaient-ils même droit à un corps ? Pourtant, on les voyait tous les jours qui mangeaient derrière la porte vitrée de leur réfectoire. Ce spectacle gratuit, apprécié des élèves qui collaient leur nez sur la vitre en ricanant, restait irréel et un peu ridicule. Faute d'entendre leurs paroles, on suivait leurs gestes et leurs attitudes comme dans un film muet aux allures mécaniques.

En fait, les professeurs n'avaient pas le droit d'avoir de corps. Tout simplement. Quentin en voulait pour preuve le seul jour de l'année où Aubier avait été chahuté : celui où il avait un si gros rhume que ses yeux rouges et larmoyants, sa voix cassée, son nez enflammé l'avaient fait ressembler à un lapin albinos, totalement inoffensif.

Et là, il dormait, paisiblement, avec un souffle doux d'enfant assoupi. Quentin pouvait même sentir l'odeur de lessive de sa chemise bien repassée. Une odeur qui lui rappelait la maison, la petite pièce du rez-de-chaussée où sa mère passait de longs moments, le samedi, à plier des montagnes de linge en chantonnant. “Tu ne t'ennuies pas, toute seule ?”, lui demandait parfois Quentin qui revenait de son cours de piano. “Oh, non, je suis bien là, tranquille… et puis, ça me détend, ce linge propre qui sent bon…” Et l'odeur de ce linge purifié, exaltée par la chaleur du fer, devenait celle de sa mère et de son monde : un monde où tout serait doux et propre, et bienveillant, le monde où elle aurait voulu garder ses enfants à l'abri. À l'abri ? Rue du Rocher ?

Au risque de réveiller Sylvain Aubier, Quentin se détourna brusquement, à la recherche d'une distraction.

Était-ce à cause de cette longue étape du train lancé à travers les plaines du centre de la France que le wagon était maintenant totalement silencieux ? Les rares conversations s'étaient épuisées. Chacun s'était retranché derrière un livre, un magazine, ou l'écran scintillant d'un ordinateur portable. Les corps mous, affaissés, faisaient saillir les boutons des chemises ou des corsages. Les pieds parfois déchaussés glissaient les uns sur les autres, oublieux de la proximité des autres voyageurs. Beaucoup dormaient dans des postures désarticulées. Tout ce laisser-aller qui baignait dans l'odeur des sandwichs déballés, puis abandonnés sur les tablettes, écœurait Quentin, l'irritait surtout. De toute façon, tout l'irritait…

À bout d'expédient pour tromper son ennui, il acheva son tour d'horizon par un coup d'œil de l'autre côté de la travée, une place plus loin.

Il découvrit alors une toute jeune fille qui, elle aussi, avait laissé rouler sa tête contre son épaule. Chez elle, la torsion du cou mince, cerclé d'une chaîne d'argent, restait gracieuse. Ses cheveux acajou tombaient en flots, tout en masquant la moitié de son visage dont on ne voyait qu'une paupière, une demi-bouche et un coin de menton pointu. Dans son désœuvrement, Quentin, penché en avant, fixa longtemps cette paupière, translucide et nacrée comme du papier de soie, puis le coin de la bouche à la lèvre supérieure très relevée qui ressemblait à un demi-chapeau conique. À quoi rêvait la jeune fille ? Un frisson de temps à autre froissait sa paupière nacrée, et Quentin se crispait, comme s'il était responsable de la quiétude de la dormeuse.

Sur ses genoux reposait la tête d'un petit garçon de cinq ou six ans, recroquevillé contre elle. Les mêmes cheveux acajou, le même teint pâle... ils étaient frère et sœur, sûrement. Ainsi serrés l'un contre l'autre, ils semblaient la double version d'un même être, et inlassablement le regard de Quentin passait de l'un à l'autre comme on écouterait la même mélodie jouée alternativement sur deux instruments différents. À un moment, l'enfant ouvrit les yeux qu'il leva sur sa sœur, et doucement effleura les mèches qui pendaient jusqu'à lui. Comme la dormeuse ne réagissait pas, il poussa plus loin vers la joue pâle qu'il caressa timidement.

La jeune fille tressaillit, puis se redressa avec un air effaré. Les cheveux balancés de côté découvrirent le visage entier que Quentin observa avec avidité. Il la regardait depuis de si longues minutes, sans même s'en rendre compte, que la curiosité le bascula par-dessus son accoudoir : comment étaient ses yeux ? Il fallait qu'il le sache...

Machinalement, la jeune fille regarda autour d'elle et croisa le regard fixe de Quentin. Ses yeux, enfin : noirs, étirés vers les tempes, d'un noir liquide avec des pointes d'or.

Un instant, elle lui rendit son regard, avec des prunelles dilatées par la brutalité du réveil. Horriblement confus, Quentin se détourna du côté de Sylvain Aubier, qui dormait toujours. Qu'allait-elle penser de lui ?

Mais elle n'eut pas le temps d'en penser grand-chose car le jeune homme assis en face d'elle, et qui devait aussi guetter son réveil, éleva la voix pour lui demander :

— C'est ton petit frère ?

Le képi qu'il tenait serré sur ses genoux indiquait clairement son état militaire, ainsi que son crâne rasé. Quentin détesta immédiatement la pose avantageuse de son buste sanglé dans son uniforme, et la façon dont il avait envoyé rouler sa voix vers elle. Dans sa main droite, il tenait une canette de bière dont il tira une longue gorgée qui fit sauter sa grosse pomme d'Adam au-dessus de son col.

Elle fit "oui" de la tête puis chercha bien vite un espace libre où regarder devant elle.

— Eh, petit, tu me donnes le numéro de portable de ta sœur. Elle est top !

Le petit garçon se redressa et sourit :

— Ma grande sœur, elle n'a pas de portable. Maman, elle veut pas !

— Pas de portable ? Une belle fille comme ça ? Comment elle fait pour ses rendez-vous, alors ?

Le jeune militaire s'était penché en avant en écartant les genoux :

— Comment elle fait avec ses amoureux, hein, comment qu'elle… ?

Un rot explosif lui coupa la parole.

Le petit garçon se tourna vers sa sœur qui lui fit un signe discret, avant de le tirer vers elle en entourant ses épaules. Il hésita, puis lança d'un air de défi :

— D'abord, elle a pas d'amoureux. J'veux pas qu'elle en ait !

Le jeune militaire partit d'un éclat de rire sonore en claquant ses cuisses. Ce simple geste le déstabilisa au point que son buste se mit à tanguer ; il se rétablit en plaquant sa main libre contre la vitre du wagon. Visiblement, il avait abusé de la bière…

— Ah, le petit coq !

— Je ne suis pas un coq ! protesta l'enfant en rougissant.

Après lui avoir lancé une bourrade, le militaire resta penché en avant, ses genoux effleurant ceux de la jeune fille. Celle-ci s'agita sur son siège ; en tournant la tête, elle croisa le regard de Quentin avec des yeux rétrécis. Il lui sembla alors que sa bouche entrouverte articulait quelque chose.

Tendant la main vers l'accoudoir de son siège, Quentin lui lança au hasard :

— Tu sais à quelle heure on arrive ?

C'était comme jeter une bouée dans la nuit, après avoir entendu un appel sur l'eau.

Immédiatement, le visage de la jeune fille s'anima :

— Dans deux heures environ, mais il y a encore quelques arrêts avant.

La précision n'avait aucun intérêt ; elle servait juste à armer le jeu. Comme au poker, la jeune fille “suivait”. Quentin enchaîna avec l'excitation de l'improvisation.

— Tes parents seront sûrement sur le quai à nous attendre avec impatience. Ils nous ont appelés au moins dix fois aujourd'hui !

La jeune fille sourit :

— On ne les changera pas, tu sais bien !

Tendu vers elle, Quentin sentait un crépitement courir sur sa peau. Il lui semblait haler la jeune fille hors de l'eau ; il ne fallait surtout pas lâcher la corde :

— Tu as des nouvelles de Paul ?

— Paul ?

Quentin frémit ; quel idiot, il avait lancé la balle à côté. Un nouvel essai :

— Oui, Paul, de Besançon !!!

— Ah oui, Paul ! Il nous invite à sa fête samedi prochain.

À cet instant, Quentin risqua un œil vers le militaire. Toujours penché, il restait la bouche ouverte, comme quelqu'un à qui on vient de couper brutalement la route. Son œil rougi tournait, tandis qu'il portait la canette à sa bouche. Il en happa les dernières gouttes avant de la considérer d'un air renfrogné et de la lâcher entre ses jambes.

Après avoir relevé l'accoudoir de son siège, la jeune fille avait effectué un quart de tour et s'était tournée vers Quentin en plantant ses pieds dans l'allée centrale. D'une poigne énergique, elle installa l'enfant sur ses genoux. Le petit garçon fronçait les sourcils :

— C'est qui, lui ?

— Un copain.

— J'le connais pas !

Avec un sourire taquin qui s'adressait peut-être à Quentin, la jeune fille se pencha à son oreille :

— Guillaume, tu ne connais pas tous mes copains.

Elle avait dit deux fois le mot “copain”. Et Quentin éprouva le besoin de reprendre le mot à son tour, comme on fait deux nœuds à une ficelle :

— Oui, un copain du collège.

Le petit Guillaume l'examina d'un air sévère, puis se détourna en portant son pouce à sa bouche.

— Merci, souffla la jeune fille.

6

UN INSTANT, ELLE BERÇA tendrement l'enfant, le menton appuyé sur le sommet de sa tête ronde. Leurs cheveux mêlés étaient bien de la même teinte mordorée. Et leurs bouches, pareillement coniques.

Le jeu était fini. Dans son coin solitaire, le militaire vaincu avait roulé sa veste pour y appuyer sa tête et somnolait déjà.

Le jeu était fini, et Quentin rencontra le regard sévère de l'enfant qui l'examinait en faisant la moue.

C'était sûrement le moment de dire quelque chose, quelque chose de vrai, cette fois, mais son imagination surexcitée s'était brusquement tarie. Quelques paroles d'une banalité écœurante se présentèrent, penaudes, timides ; il les chassa. Puis, plus rien.

À la recherche d'une contenance, il se tourna vers Sylvain Aubier qui dormait toujours.

Quelle erreur ! Ce simple geste sembla libérer la jeune fille. En baissant la tête, elle prit une voix haut perchée pour proposer à son frère :

— Et si on allait acheter des bonbons au bar ?

Pour toute réponse, d'un coup de rein, l'enfant bondit sur ses pieds et la tira par la main.

Ce fut seulement quand la porte à glissière du wagon se fut refermée sur eux que Quentin se demanda si la proposition ne s'adressait pas finalement aussi à lui. Mais c'était trop tard.

La possibilité d'un malentendu l'occupa longtemps, tantôt improbable, tantôt d'une cuisante évidence. Comme un ballot qu'il était, il n'avait rien compris. Il ne comprenait jamais rien de toute façon.

Et puis non : c'était tout bêtement la manière un peu fuyante qu'elle avait trouvée de se débarrasser de lui.

Et puis, ras le bol ! Qu'est-ce que cela pouvait faire puisqu'il ne la reverrait jamais…

À ce moment, le portable de Sylvain se mit à sonner à son tour. Brutalement tiré de son sommeil, le jeune professeur sursauta en fouillant fébrilement sa poche et répondit d'une voix brève, en se penchant en avant. Par discrétion, Quentin se leva et s'éloigna de quelques pas. Toute l'angoisse du concours, un instant suspendue, reflua vers un point de sa poitrine.

Quand il revint, Sylvain lui jeta un regard piteux en lui annonçant que la partition de Scarlatti était manquante quai des Grands-Augustins, et que son ami demandait s'il fallait tenter sa chance auprès d'un autre fournisseur. Quentin jeta un coup d'œil à sa montre avant de répondre que non, vu l'heure, c'était trop tard, que tant pis, il se débrouillerait…

Sylvain cherchait visiblement ses mots, embarrassé d'avoir déçu un espoir qu'il avait levé :

— Je peux quand même le rappeler, on ne sait jamais…

— On laisse tomber, grogna Quentin en se rencognant sur son siège. De toute façon…

— De toute façon ?

— De toute façon, je n'irai pas !

— Comment ?!

— Au concours, je n'irai pas. C'est fichu, je n'y arriverai pas. Et puis, j'en ai marre… C'est aussi bien comme ça !

Sylvain se frotta longuement les paupières :

— Écoute, Quentin, tu n'as pas le droit de dire des choses pareilles…

— Ne vous fatiguez pas, je n'irai pas ; un point, c'est tout !

— C'est absurde !

Quentin se détourna en croisant ses bras sur sa poitrine. Brusquement, à ses côtés, la présence physique de son professeur lui était devenue intolérable. Une odeur de sommeil fusait de sa bouche, et le col chiffonné de sa chemise, dressé vers son menton, lui donnait un air de clown. Pourquoi avait-il fallu le rencontrer, celui-là !

— Quentin ! Tu es en colère, c'est compréhensible, mais nous en reparlerons un peu plus tard.

En reparler ? Mais il ne s'imaginait tout de même pas qu'il allait lui coller aux basques, celui-là ! Arrivés à Paris, ce serait "salut" et "à la prochaine" !

Ragaillardi par cette perspective, Quentin, le front baissé, coula un regard de côté : Sylvain Aubier aplatissait lentement son col de chemise. Sa bouche avait pris ce pli douloureux que Quentin avait observé toute l'année à chaque fois que le vendredi, de 4 heures à 5 heures, le professeur n'arrivait pas à obtenir le silence. Bien fait, se dit-il.

Et, pour en finir avec tout ce gâchis, il attrapa au hasard un prospectus coincé sous sa tablette et se plongea dans l'étude d'une publicité pour les services de la SNCF.

La jeune fille ne reparut qu'au moment où le long grincement des freins annonça l'arrivée à la gare de Lyon. Dans l'agitation des voyageurs brusquement pris de frénésie pour récupérer leurs bagages, il l'aperçut à peine de dos, puis la cohue la masqua totalement. Après qu'il eut sauté à son tour sur le quai, elle avait disparu.

Pris de remords, il attendit Sylvain Aubier qui tardait derrière lui. Le quai piétiné, la foule indifférente, l'aboiement des annonces dans les haut-parleurs l'avaient brutalement douché.

C'était enfin Paris, sévère sous ses hautes verrières glacées de nuit.

En entendant la voix de Sylvain Aubier derrière lui, il se retourna avec empressement. Le jeune homme, empêtré dans son manteau et son porte-document, lui tendait un bout de papier :

— Tiens, c'est mon numéro de téléphone. N'hésite pas à m'appeler. Tu m'entends, Quentin ?

Le garçon opina sans pouvoir prononcer une parole. Il aurait voulu s'excuser, dire un mot de remerciement, effacer ce que son attitude avait eu de désagréable…

À la place, il chemina en silence aux côtés de son professeur en remontant le quai, jusqu'à ce qu'il se heurtât à quelqu'un qui lui barrait la route. Sa mère.

Un moment confus de retrouvailles, de présentations ; Sylvain salua Mme William qu'il avait déjà rencontrée à une réunion de parents, puis s'éclipsa discrètement. Au moment où ses grandes enjambées allaient le perdre dans la foule, il se retourna une dernière fois et porta sa main à son oreille, mimant un appel téléphonique.

C'était la première fois que Quentin dînait au restaurant, seul avec sa mère. Elle avait choisi une pizzeria, pensant lui faire plaisir, ou bien parce que l'endroit s'était présenté à quelques centaines de mètres de la gare. La salle était horriblement bruyante, et des serveurs nombreux rasaient leur table, en soulevant au-dessus de leur tête des plateaux chargés. Ils devaient parler fort, en se penchant l'un vers l'autre, pour s'entendre.

En face de lui (ce qui était aussi très insolite car, à la maison, elle était toujours à sa gauche), sa mère semblait distraite. Ses yeux battaient nerveusement et, en la regardant croiser ses bras sur sa poitrine, Quentin s'aperçut qu'elle avait beaucoup maigri.

On ne remarque rien de ceux avec lesquels on vit, pensa-t-il. Mais si la compassion l'effleura un instant, elle fut vite remplacée par une pointe d'agacement. Pourquoi fallait-il qu'elle lui complique la vie avec ses ennuis, juste aujourd'hui, à la veille du concours ?

Il écouta d'une oreille distraite les nouvelles de l'hôpital et de l'accident vasculaire cérébral qui venait de plonger la vieille dame dans le coma.

La dame en noir, paralysée sur son lit, la bouche tordue, c'était très difficile à se représenter. Il s'appliqua à écouter, en suivant le mouvement des lèvres sèches de sa mère, perdant un mot sur trois dans le brouhaha.

Puis elle se tut, mordit dans un morceau de pain et regarda autour d'elle, en mâchant lentement.

L'écheveau de spaghettis glissant pour la seconde fois de sa fourchette, Quentin jeta celle-ci dans son assiette et s'écria :

— Pourquoi, tu te donnes tout ce mal ? Ce n'est même pas ta mère !

Mme William grimaça un doux reproche :

— Quentin ! C'est une question d'humanité !

— Parce que tu la trouves humaine, elle ?

— Ce n'est pas la question... l'approche de la mort peut changer les gens et, de toute façon, doit lever le ressentiment. Ne me dis pas que tu ne peux pas comprendre ça !

Quentin fixa la sauce tomate visqueuse qui s'épaississait dans son assiette :

— Ce que je comprends, c'est qu'à cause d'elle, tu t'épuises, tu n'es jamais à la maison, et même tu te fous éperdument de mon concours qui a lieu demain.

— Quentin !

Oh, elle pouvait protester, la bouche ouverte ! Si ce matin, sa mère avait été à la maison, jamais il n'aurait oublié sa partition. Elle lui aurait rappelé au moins dix fois de les prendre ! Finalement, tout était sa faute...

Et puis non.

Sa pâleur, ses cheveux mal coiffés qui retombaient en mèches grasses autour de ses oreilles, ses yeux cernés suffisaient à la disculper.

Si c'était la faute de quelqu'un, c'était la sienne, à lui. Ou "la faute à personne", comme disait son oncle Christophe.

Il ne lui dirait rien. Autant la laisser croire que sa mauvaise humeur n'était due qu'à l'appréhension du concours. Il fit un énorme effort :

— Excuse-moi, maman. Tu comprends, c'est à cause de demain...

— Je comprends, je comprends, mon grand... et sa main chercha la sienne sur la nappe tachée.

Machinalement, il serra ses doigts, avec un sentiment de solitude, comme il n'en avait jamais éprouvé.

Déjà, elle se reprenait. Tirant ses mèches ternes derrière ses oreilles, elle prit une voix enjouée :

— Ce qu'il te faut c'est une bonne nuit de sommeil. Et tu verras, tout ira bien. Tu vas réussir, comme toujours ! Nous sommes si fiers de toi, ton père et moi !

"De toute façon, je n'irai pas", se souvint Quentin. Était-ce lui qui avait prononcé ces paroles définitives ? Oui, c'était lui, et il irait jusqu'au bout de cette décision.

— Ne t'inquiète pas, maman.

Tout à coup, le visage de sa mère s'anima, un peu de rose monta à ses pommettes, et ses yeux retrouvèrent un instant leur éclat :

— Le Conservatoire de Paris ! Mon rêve quand j'avais ton âge ! Tu te rends compte, Quentin, tu vas réaliser un rêve vieux de plus de vingt ans !

Quentin évita ce regard trop brillant qui cherchait le sien, qui s'y collait comme une ventouse ; une gêne intense, fiévreuse, courut le long de son corps et lui mouilla les aisselles.

— Ne t'emballe pas, maman, ce n'est pas encore gagné.

— Oh, je suis totalement confiante !

Il faillit se fâcher, mais cette "confiance" qui dilatait les prunelles fixées sur lui le retint. Il préféra détourner la conversation :

— Pourquoi tu ne l'as pas passé toi-même, ce concours ?

Avec une raideur offensée, Mme William, avant de répondre, entreprit de plier sa serviette :

— Tu le sais bien. Ton grand-père jugeait que ce n'était pas une carrière convenable. Il me voyait courir les cachets, mener une vie misérable, une vie d'artiste, et crois-moi, il avait le plus grand mépris pour les artistes. J'ai fini par ne plus toucher un piano et faire les études ennuyeuses qui m'ont menée où tu sais. Mais je me suis bien juré, mon grand, que toi, tu…

Sans lui laisser finir sa phrase, Quentin repoussa brutalement sa chaise :

— On se tire ? J'étouffe ici !

7

18, RUE DU ROCHER, c'était là.

Sa mère, après avoir composé le code qui gardait la lourde porte aux poignées de cuivre, lui tendit un trousseau de clefs.

Quentin, effaré, s'écria :

— Tu ne montes pas !

Elle paraissait plus grande maintenant, très droite dans son long manteau beige :

— Non, il faut que je retourne là-bas.

— Mais maman, je ne vais tout de même pas…

L'accent plaintif, puéril, de sa propre voix l'arrêta. Bon Dieu, il n'avait plus cinq ans ! Mais dormir seul, là-haut…

— Tu rentres à quelle heure ?

Dans la pénombre de la rue, il ne réussissait pas à voir l'expression de son regard. Sa voix, elle, était très calme :

— Je pense que je vais y passer la nuit. Les médecins sont très pessimistes. Je t'appellerai demain matin pour te réveiller. Tu verras, il y a un canapé dans le salon où tu seras très bien. J'y ai posé une paire de draps propres.

Quentin avala sa salive :

— Bon...

Comment la retenir ? Déjà, elle se penchait rapidement pour l'embrasser. Un instant, il eut envie de s'accrocher au pan de son manteau comme quand il était petit. Elle dut le sentir :

— J'aurais vraiment voulu faire autrement, mais il y a des circonstances... s'il y a quoi que ce soit, on s'appelle.

Il la regardait s'éloigner de réverbère en réverbère, quand il s'aperçut qu'elle n'avait pas pensé à lui indiquer l'étage ; ses talons résonnaient dans la rue vide sur un rythme si déterminé... Il se retint de lui courir après.

Comme un groupe bruyant s'annonçait au carrefour derrière lui, il se résigna à pousser la lourde porte.

Dans le noir, une odeur de cave le prit à la gorge. Mal à l'aise, il chercha la minuterie autour de lui et, quand l'ampoule du plafonnier s'éclaira, son regard tomba sur la rangée des boîtes aux lettres.

Il passa en revue les étiquettes jusqu'à celle qui indiquait : M. et Mme Jean-Pierre Lescure. Une main maladroite avait barré le "M. et", ce qui donnait à l'étiquette un air borgne.

Quentin s'attardait. Sur les autres boîtes, il déchiffra : Famille Leblanc, Famille Moujard... ou bien, collés sans soin, des noms griffonnés sur des bouts de papier dans la colonne “Chambres”. Des étudiants, sans doute.

Mme Jean-Pierre Lescure était isolée au bout de la rangée des boîtes de métal. 4e étage.

Quentin hésita à prendre l’ascenseur, comme si son état de clandestin ne lui en donnait pas le droit. Rassuré par le profond silence de la cage d’escalier, il tira la lourde grille et s’introduisit dans la boîte qui s’éleva en cahotant.

Au quatrième, il eut encore une hésitation. Porte de droite ? De gauche ? La même étiquette que celle de la boîte aux lettres, punaisée au-dessus d’une sonnette, le tira d’embarras.

Sans réfléchir, il pressa le bouton de cuivre. Une sonnerie étouffée, laissée sans réponse, confirma le grand vide qui régnait derrière la porte. C’était plus que probable, mais encore plus impressionnant. Encore plus rébarbatif.

Dans son poing fermé, il serrait si fort le trousseau de clefs que le métal en était déjà tout chaud.

À l’intérieur, après la grande entrée avec sa patère, sa console surmontée d’une glace au cadre tarabiscoté, il entra directement dans ce qui devait être le salon. Il trouva l’interrupteur d’un lustre à pendeloques qui jeta au plafond une lumière pauvre. Plusieurs ampoules grillées n’avaient pas été remplacées.

Et tout de suite, au fond, il découvrit le piano à queue, semblable à un grand catafalque noir.

Il s'en approcha avidement. Les touches d'ivoire jaunies et fendillées auguraient mal de l'état de l'instrument. Et les premières notes sonnèrent affreusement désaccordées.

Mais cela n'avait aucune importance. Il allait pouvoir retrouver Scarlatti. Les passages que sa mémoire lui refusait, ils étaient là, nichés dans les touches, et ses doigts allaient les débusquer.

Il avait eu bien tort de s'inquiéter ! À peine les premières mesures attaquées, il sut immédiatement anticiper sur les courbes successives de la mélodie. Elles se découvraient comme les lignes des montagnes après une embellie. Comment avait-il pu les oublier ? C'était délicieusement simple, d'une simplicité si pure, si parfaite que les doigts n'avaient qu'à suivre la courbe de ce corps impalpable et frémissant.

Il achevait le premier mouvement quand la sonnerie d'un téléphone résonna dans la chambre voisine.

Il bondit de son tabouret et découvrit dans la pénombre, sur une table de chevet, un vieil appareil en bakélite. C'était sûrement sa mère qui vérifiait qu'il était bien arrivé. Elle pensait donc à lui !

Mais au lieu de celle de sa mère, ce fut une voix d'homme, une voix furieuse, qui l'apostropha :

— Qui êtes-vous ? Et que faites-vous chez Mme Lescure ?

Quentin bafouilla :

— Je suis son petit-fils.

— Ah, bizarre… Quoi qu'il en soit, jeune homme, vous devriez savoir qu'on ne fait pas de musique après 21 heures ! Si vous continuez, j'appelle le commissariat pour tapage nocturne. C'est un immeuble tranquille ici !

— Excusez-moi, monsieur…

L'autre avait déjà raccroché, et Quentin resta un instant à retenir son souffle avant de s'éloigner de l'appareil.

Puis sur la pointe des pieds, il regagna le salon.

Le piano, désormais inaccessible, avait repris son air funèbre.

Et maintenant, qu'allait-il faire de lui-même ?

Avec réticence, il fit le tour de l'appartement. Au bout d'un couloir, il tomba sur une pièce de dimensions plus réduites, un bureau probablement, dont les volets étaient fermés. Des bibliothèques austères recouvraient les murs, un grand secrétaire tenait la diagonale d'un coin. Du bout de ses narines hésitantes, il détecta une odeur de vieux papiers et de poussière accumulée.

Depuis qu'il avait poussé cette porte, le silence s'était épaissi. Debout au milieu de la pièce, Quentin perçut un faible bourdonnement qui, à la réflexion, ne provenait que de ses propres oreilles. Un coup d'œil à ses mains lui révéla qu'elles tremblaient légèrement.

Il se força à s'approcher du secrétaire. L'abattant était nu, mais les cavités ménagées dans le corps du meuble étaient surchargées de bibelots. Parmi eux, un éventail en ivoire, un encrier de cristal, un presse-papier en métal. Dans un cadre doré, une petite fille qui tenait un ballon rouge lui sourit. Les deux nattes qui encadraient son visage étaient si serrées qu'elles semblaient sculptées dans une matière compacte et dure comme du bois.

Après lui avoir trouvé une ressemblance avec sa sœur Violette, il comprit brusquement que la petite fille au ballon était sa mère.

Au lieu de lui être agréable, cette découverte le figea sur place.

Les enfants que nos parents ont été sont comme des enfants défunts. Impossible d'associer ce visage plein à celui qu'il avait observé toute la soirée, creusé et terne.

Une seule photo sur le secrétaire, car Mme William avait été fille unique, un sort, répétait-elle, qu'elle avait voulu épargner à ses enfants.

Quentin jeta un coup d'œil circulaire dans la pièce. Pas d'autres photos, seules les reliures sombres des rangées de livres. Cette pièce retirée avait sûrement été le domaine de son grand-père.

L'idée d'ouvrir les tiroirs du meuble l'effleura mais il la chassa aussitôt avec dégoût.

Mieux valait trouver une pièce plus neutre, la cuisine, par exemple.

Celle-ci se situait juste après un coude du couloir. Il y régnait un ordre triste. Le linoléum usé avait perdu sa couleur, et les meubles en formica, qui avaient connu il y avait bien longtemps leur air de modernité, éclataient de laideur.

Tout y était au singulier : une seule tasse dans l'égouttoir, une assiette, une serviette roulée dans son anneau de buis. Tout y était rigoureusement propre, et pourtant Quentin, pour tout l'or du monde, n'aurait pas voulu se servir de ce verre, ni toucher ce torchon accroché à son clou.

Il s'enfuit.

Revenu dans le salon, il alla s'asseoir sur le canapé recommandé par sa mère. Ses mains l'avaient touché comme en témoignait la taie d'oreiller impeccablement repassée qu'elle avait déposée sur la pile de draps et de couvertures.

Dans les profondeurs de l'appartement, un carillon sonna 10 heures.

Seulement 10 heures…

Après avoir tiré son sac à lui, Quentin en sortit la partition de Beethoven et l'appuya contre les coussins dressés du canapé. Puis, installé de biais, il se mit à jouer sur le velours de l'assise.

Au début, ce ne fut qu'un geste mécanique, la seule mémoire des doigts. Mais au bout de quelques mesures, la musique se mit à chuchoter au fond de lui, dans une illusion presque audible, et si troublante qu'il suspendit la course de ses doigts quelques secondes, tremblant d'entendre la sonate autour de lui !

Non, c'était seulement le bourdonnement de ses oreilles… Il reprit son jeu. Et s'enfonça dans la reproduction silencieuse du morceau.

De toute façon, il n'irait pas…

8

QUEL ÉTAIT CE BRUIT qui l'avait éveillé ? Quelle heure était-il ?

Un bruit ou une présence ?

Quentin se dressa sur son oreiller et scruta le silence. Rien.

Il avait beau écarquiller les yeux, il ne réussissait pas à percer l'obscurité. Pourquoi, avant de se coucher, n'avait-il pas pensé à repousser les épais rideaux de velours ?

Tout doucement, il tourna son poignet pour consulter sa montre aux aiguilles phosphorescentes. 2 h 30 du matin.

D'un coup, le froid de la pièce enveloppa son buste découvert et le fit frissonner. Lentement il tira la couverture à lui et s'immobilisa, rigide d'anxiété, les dents serrées. Une voiture passa dans la rue. Ce bruit extérieur n'allait-il pas lui masquer ce qui se passait, là, dans l'ombre… ?

Le moteur s'éloigna et avec lui, le silence retomba.

Rien, ce n'était rien. Peut-être seulement un cauchemar, comme cela lui arrivait parfois à Besançon... mais là-bas, chez lui, l'aspect si familier de sa chambre savait toujours le rassurer.

Ce n'était rien. Une illusion, ou un meuble qui avait craqué, ou un bruit à l'étage supérieur, chez le fou du téléphone. Encore une minute d'attention, et il allait pouvoir se recoucher.

Allez...

Comme il allongeait ses jambes pour glisser en arrière, une masse lourde et en même temps élastique s'abattit sur sa poitrine.

Quentin hurla et, ramenant convulsivement ses jambes sous lui, il jeta ses mains en avant pour repousser l'attaquant.

Brutalement, ses doigts pénétrèrent dans une fourrure tiède qui émit un cri rauque ; sous son index gauche, une matière visqueuse et humide s'enfonça. Au même instant, quelque chose d'aigu lacérait son poignet.

Fou de terreur, il bondit du canapé et, se heurtant aux meubles, courut à travers la pièce vers l'interrupteur du lustre.

Enfin, dans un éblouissement, la pièce s'éclaira. Ramassée sur le canapé, dans le bouillonnement des draps, une bête le fixait d'un œil dilaté ; l'autre était fermé.

Un chat, un affreux chat angora, énorme, qui feulait en frémissant.

Quentin recula, puis se heurta au piano. Au même moment, une goutte chaude tomba sur son pied nu. Il baissa les yeux pour découvrir un liquide sombre qui étoilait sa peau. C'était du sang qui gouttait de son poignet. Il comprima celui-ci avec la manche de son pyjama, et releva la tête.

Le chat râlait toujours, en se dandinant de l'arrière-train, prêt à bondir.

Quentin, qui tremblait de tout son corps, s'efforça de se calmer. Ce n'était qu'un chat, qu'un chat…

— Minet, minet, susurra-t-il d'une voix tremblante.

Aussitôt, le monstre éclata en rugissements, accélérant les mouvements de son arrière-train.

À son tour, face à lui, comme un boxeur sur le ring, Quentin se mit à sautiller d'un pied sur l'autre. L'animal s'immobilisa et s'aplatit encore, ses oreilles couchées en arrière.

Quentin s'agrippa au piano. Il ne pouvait pas rester là ; impossible. Fuir, plutôt. Mais où ? Chez les voisins ?

Brusquement, il prit conscience du ridicule de sa situation : il était en pyjama. Bien sûr, il pouvait toujours se réfugier dans la pièce voisine et enfermer le monstre. Mais il lui faudrait pour cela repasser devant l'animal à l'œil dilaté, toujours fixe. Par ailleurs, il ne pouvait tout de même pas passer le reste de la nuit accroupi contre le piano, à surveiller les mouvements de l'ennemi. Et puis son poignet saignait toujours ; il fallait le désinfecter.

Tant pis, il allait tenter le tout pour le tout. D'abord, il se pencha, lentement, très lentement, pour attraper son sac. Au besoin, il s'en servirait comme d'une massue. Ou d'un bouclier.

Puis il prit son élan et s'élança à travers la pièce en direction de la chambre. À la hauteur du canapé, il aperçut du coin de l'œil la bête qui rassemblait ses pattes ; sans se retourner, il la sentit qui atterrissait juste derrière lui sur le tapis.

La porte ! La porte claquée sur ses talons ; il était sauvé.

Dans la chambre au téléphone, il se laissa tomber sur le lit et attendit que le tremblement de ses membres s'apaise.

Une petite lampe de chevet qu'il alluma lui révéla une quantité de médicaments posés sur la table de nuit, ainsi qu'une rose penchée dans un verre d'eau qu'un film trouble commençait à voiler.

Il était dans la chambre de la vieille dame. Celle qu'elle avait quittée dans la matinée pour les urgences de l'hôpital.

Et sa mère qui avait pris le temps de faire le lit… Elle avait pris le temps de faire le lit mais pas celui de le prévenir de la présence d'un féroce locataire dans l'appartement ! Il la reconnaissait bien là.

Un quart d'heure après, Quentin était toujours immobile sur le lit. Silence total de l'autre côté de la cloison.

Au point qu'en repensant à la scène qu'il venait de vivre, il ne réussissait plus à se représenter la bête. Tout ce qu'il savait, c'était qu'elle était énorme, énorme…

Dans le même temps, il comprit brusquement que son répit n'était que temporaire. Il lui faudrait bien y retourner, dans ce salon ; ne serait-ce que pour récupérer ses vêtements. Et sa partition de Beethoven.

En attendant, il refusait de se coucher dans ce lit, de se glisser entre ces draps qui avaient recouvert un corps malade.

Comment finir cette nuit interminable ? Comment tuer ces heures noires avant que l'aube ne vienne le délivrer, avec les premiers mouvements de la rue, les premières voitures, les premiers passants ?

Son regard tomba sur son pyjama souillé de sang, sur son poignet maculé qui suintait encore, et brusquement le chagrin fondit sur lui comme une tornade. Secoué de sanglots, il se coucha en chien de fusil sur le dessus-de-lit. Et pleura longtemps.

Après les larmes, un grand vide creusa sa poitrine. Que faire maintenant ?

Appeler sa mère ? Elle avait d'autres soucis. D'autres chats à fouetter, comme elle disait souvent.

Appeler son père ? Au milieu de la nuit ? Il se fâcherait ou, pire, se moquerait de lui.

Redressé sur un coude, il fouillait machinalement la poche extérieure de son sac quand il déplia un bout de papier.

M. Aubier ! S'il appelait M. Aubier ?

Il renifla à plusieurs reprises, tournant le pauvre bout de papier entre ses doigts : 06 60…

Finalement, parce qu'en agissant il oubliait la présence voisine du monstre, Quentin composa le numéro de son professeur.

— Sophie ? fit une voix angoissée.

— Excusez-moi, monsieur. C'est Quentin.

La voix se raffermit immédiatement :

— Quentin ! Qu'est-ce qui se passe ?

Avec des tremblements mouillés dans la voix, Quentin s'expliqua. Quand il se tut, il fut submergé par le regret d'avoir appelé. Pour qui allait-il passer ? Et pourtant, il allait déjà tellement mieux…

Sylvain fut bref :

— J'arrive ! Donne-moi l'adresse ! J'arrive tout de suite !

Enveloppé dans une couverture, Quentin guettait les pas de son professeur derrière la lourde porte du porche. Une main gratta le panneau de bois.

C'était bien lui. Un instant, ils restèrent à se regarder. Et puis soudain, Sylvain eut un grand sourire indulgent. Il n'ouvrit pas les bras, mais Quentin se retrouva une seconde contre ce corps maigre, avec les grandes mains qui lui tapotaient le dos :

— Ça va aller, Quentin, ça va aller…

Arrivés au quatrième, Quentin lui tendit le trousseau de clefs. Il se sentait incapable de pénétrer le premier dans l'appartement. Si le monstre s'était échappé du salon ?

Les grosses chaussures de Sylvain Aubier firent craquer le parquet de l'entrée. Puis, tandis que Quentin restait prudemment en arrière, il pénétra dans le salon.

Le garçon risqua un coup d'œil par l'entrebâillement de la porte. Au passage, Sylvain avait fait glisser la couverture des épaules de Quentin. En deux enjambées, il avait gagné le canapé et jeté la couverture sur la masse immobile, qui n'avait pas bougé.

Quelques soubresauts, un miaulement étouffé, puis il resurgit, un ballot entre les bras.

— L'affaire est dans le sac ! s'exclama-t-il. Où va-t-on s'en débarrasser ?

Sans un mot, évitant de regarder la couverture secouée de bonds, Quentin prit les devants et guida son professeur dans le couloir jusqu'au bureau. Sylvain y jeta le sac et, claquant la porte, la ferma à double tour. Il tendit ensuite la clef à Quentin :

— Te voilà le maître du monstre, désormais. Mais ce n'était qu'une pauvre bête terrifiée qui a cru défendre sa vie.

Quentin baissa les yeux sur son poignet blessé. Décidément, il lui faudrait du temps pour voir une victime dans le tigre de la rue du Rocher.

— Il faudrait soigner cette vilaine griffure, poursuivit Sylvain. Où est la salle de bains ?

La salle de bains, qu'ils trouvèrent au bout du couloir, avait le même air vieillot que la cuisine. C'était une pièce aveugle, carrelée de vert, dont la baignoire, qui n'était pas encastrée, reposait sur quatre pieds en forme de pattes de lion.

— C'est le musée Grévin ici, murmura Sylvain en ouvrant une petite armoire grillagée.

Une bouteille d'alcool aux parois poussiéreuse fut tout ce qu'il trouva :

— Ça va piquer, prévint-il en immobilisant énergiquement le poignet de Quentin.

Malgré la brûlure, le garçon éprouva un curieux réconfort. Son poignet nettoyé, la prise ferme de Sylvain Aubier sur son bras ; il n'était plus seul.

9

SYLVAIN AUBIER AVAIT DÉCIDÉMENT pris la situation en main. Revenu dans le salon, il retapa le lit, nettoya les taches de sang sur le parquet, ramassa la partition de Beethoven en lissant respectueusement la couverture. Et sourit…

— Demain, murmura-t-il, ou plutôt, aujourd'hui… Il faut que tu dormes, Quentin, il est 3 h 30, tu te rends compte…

Adossé à une lourde commode aux poignées de cuivre qui lui rentraient dans les reins, Quentin grogna :

— J'ai tout le temps… je vous ai déjà dit que je n'irai pas.

Soudain, quelque chose changea dans la consistance même de l'air.

De toute la longueur de la pièce, Sylvain Aubier marcha sur lui. Comme il était grand soudain, et sa bouche serrée qui ne faisait qu'une ligne dure… Quentin eut presque peur. Pourtant, parmi tous ses professeurs, celui-ci était bien, d'ordinaire, le moins impressionnant de tous. Sous la lumière anémique du lustre, au milieu de la nuit, il avait brusquement perdu son air de jeunesse. C'était maintenant un homme sec, aux yeux creusés, qui le poussait du bout de ses doigts tendus vers le fauteuil dans lequel il le contraignit à s'asseoir :

— Ça suffit, Quentin ! Maintenant, tu vas m'écouter !

Lui-même restait debout, ses deux longues jambes tendues comme les branches d'un compas. Il enfonça ses mains dans les poches de son pantalon, et domina Quentin de toute sa hauteur :

— Tu n'as pas le droit de ne pas te présenter à ce concours, tu m'entends, pas le droit ! Je ne te parle même pas de l'attente de tes parents, ni même de celle de ton professeur... Après tout, tu n'en es pas responsable. Je te parle de toi !

Et sur ce dernier mot, il pointa vers Quentin un index menaçant comme le canon d'un revolver. Sa voix monta d'un cran et résonna d'une façon solennelle dans le silence profond de la nuit.

— Cela fait des mois que tu travailles pour ce concours. Des mois, des années, que tu consacres ton temps à la musique, que tu lui sacrifies tous tes loisirs. Et parce qu'une contrariété se présente, une vilaine petite farce de la vie, l'oubli de ta partition, tu vas tout compromettre ! C'est nul, c'est lâche ! Libre à toi ensuite de changer tes projets pour l'avenir, mais là, devant l'obstacle, tu ne vas pas te dérober comme un enfant gâté !

Tassé sur le fauteuil, Quentin avala sa salive. Ce flot de paroles l'étourdissait. Il n'en saisissait pas vraiment le contenu, mais l'accent de colère qui les soulevait le malmenait comme si on l'avait secoué par les épaules.

— Oui, un enfant gâté, reprit le professeur encore plus haut comme si Quentin avait protesté. Parce que tu es un enfant gâté… Est-ce que tu te rends compte de ce que tu tiens là ? De ce privilège unique ? Rien, tu m'entends, rien ne peut rivaliser avec la musique ! Elle te tiendra lieu de tout ! Parce que la musique console de tout !

Exaspéré de conviction, Sylvain se mit à marcher de long en large en écrasant sans pitié les lattes gémissantes du parquet. Quentin n'osait lever les yeux sur lui et tortillait la poche de son pyjama. Vaguement honteux, il commençait à se dire que, finalement, ce ne serait pas mal de se coucher et de dormir pour mettre une vraie fin, cette fois, à cette nuit bizarre…

Au moment exact où il coulait un regard vers le canapé, Sylvain se planta devant lui et rugit :

— Qu'est-ce que tu attends pour te coucher !

Quentin se précipita vers le canapé. Déjà roulé en boule, il savoura les draps bien tirés, le poids inoffensif de la couverture. Comme tout était simple maintenant…

M. Aubier, debout à la porte, avait déjà la main sur l'interrupteur du lustre :

— Vu l'heure, je reste ici. Je vais aller dormir dans la pièce à côté. Ne t'inquiète de rien, ton monstre est neutralisé...

Sa voix radoucie invitait Quentin à croiser son regard. Au bord de la couverture, il risqua un coup d'œil : Sylvain Aubier s'attardait, en le fixant à travers la grande pièce. Malgré la distance, Quentin perçut les points de suspension de sa voix, l'intensité de cette présence qui hésitait à se retirer. Le silence se prolongea ; il finit par se redresser sur un coude. Sylvain Aubier se racla la gorge :

— Il y a autre chose, Quentin... je ne devrais peut-être pas te le dire... mais tant pis... Quand tu as téléphoné tout à l'heure, mon amie Sophie venait de m'appeler pour me dire que tout était fini entre nous. Je serai pourtant lundi au collège à 8 h 30 en salle 12. Comme d'habitude. C'est ainsi qu'il faut faire...

La porte se referma doucement sans lui laisser le temps de réagir.

La sonnerie du téléphone arracha Quentin de son lit. Il était 7 h 30, et une lueur blanchâtre fusait à la lisière des rideaux, baignait le salon, roulait sur les hauts plafonds. Il courut dans la pièce voisine et décrocha. C'était sa mère.

Après lui avoir demandé s'il avait bien dormi, elle évoqua immédiatement le concours du Conservatoire. Tout irait bien, elle pensait bien à lui. Il était prêt. Tout irait bien.

Quentin la rassurait de paroles brèves : “Oui, maman”, “Ne t’inquiète pas, maman”. Elle l’appellerait à la sortie, ils iraient déjeuner ensemble avant qu’il ne reprenne son train.

Une fois le combiné reposé, Quentin s’aperçut qu’il ne lui avait même pas demandé de ses nouvelles à elle, pas plus que de la vieille dame. C’était sa faute aussi ; à force de toujours s’effacer devant les intérêts de ceux qu’elle aimait, à force de dévouement crispé, elle les avait dressés à l’égoïsme, tous ! Son père le premier qui aurait dû être là, au lieu de la laisser patauger seule dans les hôpitaux au chevet d’une étrangère…

Son regard tomba sur l’entassement des médicaments, la rose flétrie dont la tige ployée s’incurvait comme une tête baissée. Lui, il était du côté de la vie, c’était une sensation physique, une impatience dans ses jambes, une envie de mordre dans ce matin tout neuf.

Dans la cuisine, il trouva Sylvain Aubier, une bouilloire antique à la main qui versait l’eau fumante dans une théière à fleurs.

À ses pieds, assis sur son arrière-train, la bête ne le quittait pas des yeux en remuant la queue.

Sylvain se tourna vers Quentin :

— Ce pauvre chat était affamé. J’ai trouvé dans le frigo un peu de jambon et des croquettes dans ce placard. Il est tout à fait gentil maintenant.

Quentin avait reculé.

— Ne crains rien ; tu peux le caresser, il n'est pas rancunier. Regarde, tu lui as salement amoché l'œil tout de même. Vous êtes quittes.

La bête tourna la tête vers l'arrivant. En effet, son œil gauche était encore à moitié fermé, et d'une étrange couleur trouble, comme un verre rayé.

Quentin préféra faire un détour pour s'asseoir à la table. À côté d'un bol, un sac en papier entrouvert était rempli de croissants. L'odeur fine caressa ses narines et l'emplit d'une envie aiguë.

Sylvain poussa les croissants vers lui avec un bon sourire. Ce matin, il avait à nouveau l'air d'un grand frère :

— Vas-y, sers-toi ! Je suis descendu les acheter à l'ouverture de la boulangerie.

— Vous… vous n'avez pas du tout dormi ? risqua Quentin.

— Pratiquement pas… Ça m'arrive, les veilles de grands événements. Je te rappelle que moi aussi, je dois me produire aujourd'hui !

— Ah oui, c'est vrai… Mais qu'est-ce que ça va vous apporter ?

— C'est un peu comme une soutenance de thèse… J'aimerais bien un jour enseigner à l'université. Pour ça, il faut que mes travaux retiennent l'attention…

— Enseigner à l'université ? Pourquoi ? Vous n'êtes pas content avec nous ?

L'idée que son professeur pouvait aspirer à autre chose qu'à la salle 12 en compagnie des 3e E prenait Quentin de court, un peu comme une trahison. Alors, quand Sylvain Aubier se battait les flancs pour leur faire apprécier un extrait de Balzac, ou quand sa voix lissée par la tendresse faisait chanter les vers des poètes, il visait, au-delà de leurs têtes ennuyées, d'autres interlocuteurs plus distingués ?

Décidément, c'était une idée très désagréable… si désagréable qu'elle le ramena à un souvenir plus pénible encore : cette gêne indignée, cette colère sourde, un jour de l'automne dernier, quand il avait surpris le regard de son père appuyé sur les jambes d'une passante, alors qu'ils attendaient ensemble le bus à côté de la maison. Trahison…

— Si, si… Mais dans la vie, il faut des perspectives, des défis. Sinon, on se racornit comme un vieux citron. Dis donc, enchaîna Sylvain, il faut que tu te dépêches, si tu veux avoir le temps de travailler un peu ton piano. À quelle heure dois-tu te présenter au Conservatoire ?

— À 9 heures.

— Alors, vite…

Il lui restait une petite demi-heure. Après une douche rapide, il s'approcha lentement du piano, le cœur battant, comme si M. Aubier, assis sur le canapé, la tête entre les mains, était à lui seul un jury entier. Il l'attendait, immobile après avoir ouvert les fenêtres sur un soleil timide. À côté de lui, le chat repu léchait consciencieusement son pelage.

Le piano désaccordé, grêle et profond à la fois, avec des aigus acides et des basses timides, donnait à la sonate un accent intime, presque confidentiel. C'était une musique du matin, une musique des commencements.

Sylvain Aubier était si parfaitement immobile, sa respiration suspendue, son regard fixe qui ne regardait rien, que sans oublier exactement sa présence, Quentin eut l'impression, au moment où il attaquait le second mouvement, que l'audience s'élargissait à Paris tout entier, posté aux fenêtres.

Il sut qu'il jouait bien, concentré, dans un contact intime avec l'œuvre, intime mais aussi infiniment respectueux… "Tu dois servir la musique, pas te servir d'elle", répétait M. Magloire, chaque fois que Quentin "en faisait trop".

Et ce matin, sur cet instrument défectueux, après quelques maigres heures de sommeil, il lui semblait enfin comprendre les paroles du vieux maître, comme il ne les avait jamais comprises. Et jouer comme il n'avait jamais joué.

Quand il acheva le morceau sur un point d'orgue, il y eut un long silence. Puis la voix atone de Sylvain Aubier s'éleva :

— Joue comme ça tout à l'heure, et tout ira bien…

10

AVENUE JEAN-JAURÈS. Un autre grand porche. Où une large plaque de cuivre étincelait sous le soleil blanc du matin.

Conservatoire national de musique.

De loin, Quentin aperçut des groupes pressés sur le seuil, et il décida d'attendre que la voie soit libre.

Les concurrents… Il préférait ne pas voir les traits de leurs visages ; il était sûr d'y lire leur supériorité, leur affirmation conquérante, leur écrasante assurance… Il se répéta qu'il n'avait pas assez travaillé cet hiver. Tant de soirs où il avait joué mollement, mécaniquement, en tendant l'oreille vers la télévision voisine où Violette regardait ses séries. Et les samedis matin où il était censé travailler dur dans la maison tranquille, et où il s'était laissé aller à "se faire plaisir", comme disait M. Magloire, à se gorger de musique facile, escamotant les difficultés techniques au lieu de s'astreindre au travail ingrat des mains séparées… En se disant qu'il avait bien le temps, que le concours était loin…

C'était bien trop tard à cet instant pour se laisser aller au remords ; aussi traînait-il la patte sur le trottoir, en laissant glisser son regard sur l'enfilade de vitrines qui le séparaient encore du porche.

Il ralentit encore devant un magasin de sport qui lui rappela que les basketteurs de la classe étaient, de loin, les plus populaires auprès des filles. À côté d'une paire de ski et d'un anorak, une photo de montagne enneigée souleva en lui une soudaine nostalgie. Cela le vidait de l'intérieur, comme une hémorragie, que de regarder le balcon ouvragé de ce vieux chalet. L'odeur du bois mouillé, l'odeur qui accueille le pas lourd du marcheur au retour de la randonnée remonta à sa mémoire avec l'insistance d'un appel.

Il fallait y aller.

À l'entrée, un appariteur vérifia sa convocation et sa carte d'identité, en lui indiquant le numéro d'un escalier et d'une salle.

Des files se formaient maintenant dans le grand hall et se divisaient en colonnes en direction des escaliers.

Quentin suivait sans regarder ses voisins. Certains candidats s'interpellaient et se rejoignaient en agitant au-dessus de leur tête leur cartable, probablement bourré de partitions. Mais la plupart cheminaient seuls, en fixant leurs pieds.

Dans une pièce qui ressemblait à une salle de classe, on les fit asseoir en leur indiquant leur numéro de passage devant les jurys. Ceux-ci étaient au nombre de sept, répartis dans des studios, et l'heure de ce passage ne serait qu'approximative, leur répéta-t-on, en s'excusant pour la longue attente qui allait suivre.

Quand tout le monde fut installé, un semblant de silence descendit sur la salle. D'un banc à l'autre couraient des chuchotements, des raclements de gorge, et dans les regards qui tournaient dans le vide se devinait la question de savoir comment on allait occuper toutes ces heures.

Au premier rang, un jeune homme, vêtu d'un bizarre complet veston, la nuque rasée creusée de sillons profonds, dépassait tout le monde de sa grande taille pliée sur la table. La tête baissée sur ses partitions, les poings collés sur ses oreilles, il avait déjà donné le signal de la concentration. Derrière lui dans la file des candidats, Quentin avait entendu son nom vérifié par l'appariteur : un nom aux sonores consonances russes.

Toute la classe le regardait. Un brouhaha s'ensuivit : sacoches agitées, couvercles rabattus, fermetures à glissière... Suivant son exemple, chacun s'enferma dans la lecture muette de la musique. Certains doigts couraient sur le bois des tables, d'autres suivaient les lignes en battant la mesure sous la table.

Quentin, lui, se contenta de croiser les bras.

Finalement, ce n'était pas plus pénible que d'attendre chez le médecin pour se faire administrer un vaccin, même si les vaccins avaient représenté la terreur de son enfance. Un mauvais moment à passer, et puis il retrouverait le soleil de midi, et ce serait fini, fini…

Il fut le seul à remarquer un mouvement vers l'entrée de la salle où se tenait une dame sévère, très droite dans un tailleur moutarde. Son air hautain laissait à penser qu'elle occupait une place élevée dans l'administration du Conservatoire, tout comme la voix claire et affirmée avec laquelle elle avait distribué les instructions aux candidats.

À cet instant, elle se penchait vers une jeune fille qu'elle masquait en partie et dont ne parvenait que la voix oppressée, coupée de reniflements.

La dame finit par se redresser en pinçant les lèvres et, avec un coup au cœur, Quentin reconnut les cheveux mordorés du train.

C'était elle !

Elle paraissait plus petite, sous le haut plafond de la salle, mais portait le même pull brun à grand col rabattu qui lui faisait des épaules frêles et légèrement voûtées. En essuyant furtivement les larmes qui coulaient sur ses joues, elle obéit au doigt qui lui indiquait une place dans la rangée du fond encore inoccupée.

Tremblant de tous ses membres, Quentin se contraignit à détourner la tête. Les bras croisés contre ses côtes, de toutes ses forces, il tenta de calmer l'émotion qui grondait dans sa poitrine. Il ne pensait à rien, ne voulait rien, sidéré par l'énormité de l'événement.

Au bout d'un moment, il coula un regard derrière lui.

La jeune fille se faisait toute petite sur sa table. Avec des gestes contenus, presque honteux, elle pressait un mouchoir sur son nez en lissant ses cheveux ébouriffés. Puis elle se pencha sur sa sacoche et, à son tour, se réfugia dans ses partitions.

La dame hautaine, qui avait quitté la salle un instant, revint vers elle pour lui tendre ce qui sembla à Quentin de loin une carte d'identité. Elle dut prononcer des paroles rassurantes, car la jeune fille, en recevant sa carte, eut un sourire timide de remerciement.

Au même instant, en se redressant comme un général face à ses troupes, la dame lança dans le silence le nom du premier candidat :

— Anton Douborvsky !

Avec la détente d'un ressort, le grand Russe se leva et, sans un regard pour personne, gagna l'allée centrale.

D'une même impulsion, Quentin se leva à son tour et, marchant sur les pas du grand Russe, il remonta la rangée. Au passage, la dame leva vers lui un sourcil interrogatif qu'il ignora.

Au moment où Douborvsky franchissait la porte, Quentin se glissa sur le banc aux côtés de la jeune fille isolée au fond.

Elle leva la tête avec un mouvement de surprise craintive, puis le reconnut.

Masquant sa bouche de sa main, Quentin lui souffla :

— Salut… ça va ?

L'imitant, le regard fixé devant elle, la jeune fille chuchota à son tour :

— Impossible de mettre la main sur ma convocation… la panique. Heureusement, ils se sont contentés de ma carte d'identité.

Quentin sourit derrière sa main :

— Décidément… moi, ce sont mes partitions que j'ai oubliées…

La jeune fille se tourna vers lui. Pour la troisième fois, il croisa la lumière des yeux sombres piqués de pointes d'or. Un instant, ils échangèrent un regard qui résuma dans une merveilleuse simplicité la surprise de se retrouver et le souvenir de la veille.

Quentin chuchota :

— Je m'appelle Quentin… Quentin William.

— Et moi, Sylvia… Sylvia Valère.

Quentin recueillit ce nom, le fit rouler dans sa conscience comme une pierre précieuse au creux d'une paume. Et une envie de sourire, de rire même, l'agita sur sa chaise.

— Et Guillaume ? demanda-t-il.

— Il est chez mon oncle et ma tante.

Il regarda ses lèvres et poursuivit ses questions à l'unique fin d'observer le frémissement de leur ligne pure. Le chapeau conique…

— Alors, le train, hier, c'était… pour les mêmes raisons que moi ?

— Eh oui, je suis de Besançon… Toi aussi ?

Quentin se contenta d'opiner. En appuyant sa bouche sur sa main, son bras effleura celui de Sylvia. Elle se pencha à son oreille :

— Merci pour hier, tu m'as tirée d'un sale pétrin…

— Oh, ce n'était rien. Plutôt marrant, notre petit jeu…

Tandis qu'elle souriait à son tour en baissant les yeux, il observa la courbe de sa joue ronde. Ses doigts caressaient la couverture de la partition. En suivant le tracé du S de Scarlatti.

— Et se retrouver ensemble pour le concours ! C'est fou, non ?

— Fou…

Devant eux, on se retourna. Une jeune fille, avec un chignon serré comme celui d'une danseuse et de petites lunettes qui cerclaient de métal ses yeux pâles, les doucha d'une voix glacée :

— Vous allez vous taire ? Ce n'est pas un hall de gare ici !

Quentin se retint de lui rire au nez. Mais si, c'était un hall de gare, celui où il avait retrouvé Sylvia après avoir cru l'avoir perdue pour toujours.

Contrite, Sylvia avait ouvert la partition et, d'un coup d'œil, invita Quentin à l'étudier avec lui. Ils se penchèrent ensemble, comme des écoliers sur “un livre pour deux”, et Quentin tenta de se concentrer.

Elle était là, sous ses yeux, cette partition tant regrettée, tant cherchée, celle qui aurait représenté le salut la veille au soir, et qui sur cet instant n'était qu'une liasse griffonnée de signes noirs. Il s'appliqua cependant à suivre les portées avec l'ennui d'un sujet épuisé depuis longtemps. Un coup d'œil du côté de Sylvia lui révéla que son regard était fixe. Elle, non plus, n'était pas concentrée.

Dans un souffle, Quentin lui lança :

— Tu as la trouille ?

— Pas trop… De toute façon, je ne suis pas prête…

— Moi non plus…

Elle renifla en remontant son menton :

— Et puis, on ne joue pas notre vie… pas comme elle !

Ils étouffèrent un petit rire, tout en avisant le dos penché devant eux, terriblement réprobateur.

Le temps s'écoula ponctué par le bruit des pages qu'on tournait, par l'apparition de la dame clamant un nouveau nom, par la salle qui se vidait peu à peu.

La jeune fille au chignon disparut à son tour, puis un garçon non loin, et Sylvia et Quentin se retrouvèrent isolés des autres par deux rangs vides.

— Valère, William, on va passer les derniers.

Sylvia repoussa la partition :

— J'en ai marre… Ça ne change plus rien maintenant !

— On sort ?

— On sort.

11

ADOSSÉS AU MUR DU HALL, un gobelet à la main, Quentin et Sylvia faisaient connaissance. À intervalles réguliers, la dame moutarde lançait un nom à la porte, quelqu'un sortait, croisait un candidat qui s'enfuyait en dévalant les escaliers du hall, et leurs yeux suivaient ce manège comme si celui-ci ne les concernait plus.

Il y avait tant de choses à se dire…

En alternant les questions et les réponses, ils déversaient les informations d'une façon aussi précipitée que leur besoin de rattraper le temps perdu.

Sylvia vivait à Besançon auprès d'une mère divorcée et mal en point. Son père, exilé au loin, avait rompu tout lien. Elle exposa cette situation sur un ton modeste qui fit un peu honte à Quentin. Du coup, il fut économe de détails sur sa propre existence… une existence qui lui parut soudain bien banale, et dotée de solides privilèges.

Tandis que Sylvia évoquait le petit Guillaume auquel elle consacrait tous ses instants de liberté, “Je l’aime tant, souffla-t-elle, et il a tant besoin de moi…”, le souvenir de la vieille dame malade, soudain, traversa Quentin.

Il l’avait presque oubliée ! Le lit d’hôpital, coincé dans un coin de sa mémoire, les images de la veille et de la nuit, compactées en un résidu dérisoire et qui tenait si peu de place dans cet instant… Même le tigre du salon, pauvre bête, tout de même…

Comment avait-il pu attacher tant d’importance à cette péripétie familiale, comment avait-il pu se montrer si intransigeant avec sa mère ?

Face à Sylvia qui serrait frileusement ses bras contre son long pull marron – le hall était plein de courants d’air –, il se redressa. Sous lui, ses jambes étaient solides, face à lui, une pendule murale affichait une heure objective, 11 h 15 : les murs couverts de panneaux d’information parlaient du présent. Et même si d’un moment à l’autre, il allait jouer n’importe comment devant un jury impitoyable, “il ne jouait pas sa vie”…

On pouvait donc éprouver un tel sentiment de paix, une paix douce et crépitante d’espoir, même au cœur d’une tourmente ? Jamais il n’avait éprouvé cela…

Sylvia, un instant pensive, avait baissé la tête. Chacun poursuivit le pointillé de ses pensées, sans que se rompît cette sensation si nouvelle d’être deux.

Quentin se souvint alors des conseils de son copain Vincent : “Avec les filles, il faut avoir la tchatche… les faire rire… Tu n’y es pas du tout, mon vieux.” À l’époque, il avait été impressionné. Pour autant, il ne relança pas la conversation avec Sylvia. Vincent savait-il qu’il existait des silences pleins ? Et ce silence-là, dans le hall désert, sous la garde de la dame moutarde, était, en plus, un silence plein de promesses.

À la fin, il dit seulement :

— C’est Scarlatti que je préfère…

— Moi aussi…

Avant-dernière sur la liste, Sylvia Valère fut appelée à 12 h 45. Elle s’écarta de Quentin d’un pas glissant, puis elle disparut derrière une porte solidement rembourrée pour l’isolation sonore.

Quentin fit les cent pas en chantonnant Scarlatti. Face au dernier candidat, sa liste toujours à la main, la dame moutarde semblait trouver le temps long. La porte de la salle d’attente, désormais vide, était restée ouverte. Le hall était inondé de soleil. Toute solennité avait disparu. Et d’ailleurs, après qu’ils eurent échangé un sourire, elle se gratta le nez.

Quand Sylvia reparut, la dame moutarde ne prononça même pas le nom de Quentin, elle eut seulement un geste du menton en direction du studio.

Quentin effleura l'épaule de Sylvia, elle s'effaça de côté pour le faire passer, envoya un signe indéchiffrable de la main, et il s'avança.

Cinq personnes, assises derrière des tables, le regardèrent entrer. Des heures d'attention critique les avaient visiblement épuisées.

D'un coup d'œil, Quentin découvrit un homme qui avait retiré sa veste et remonté ses manches de chemise, une femme qui mordillait un stylo, un autre homme penché qui ramassait un papier par terre. Un autre encore qui farfouillait dans ses notes, en tirant sur sa moustache. Sur les tables, des bloc-notes en désordre, des bouteilles d'eau minérale à moitié vides, des paires de lunettes… Il faisait trop chaud.

L'homme assis au centre, probablement le président du jury, s'adressa à lui d'une voix lasse :

— Quentin William ? Vous êtes notre dernier candidat pour ce matin ! Nous vous écoutons.

Dans "le dernier candidat", Quentin entendit l'espoir d'une libération proche pour les malheureux attachés à leur chaise. Tout en marchant vers le piano, il crut percevoir dans son dos jusqu'à l'effort du jury pour rassembler son énergie, "le coup de collier de la dernière ligne droite". En comparaison, il se sentit lui-même si vif, si frais, soulevé d'une telle impertinence qu'il sauta comme un cabri sur son tabouret. La dame, derrière, étouffa un gloussement.

Par la suite, il ne réussit jamais à reconstituer le souvenir de la manière dont il avait joué. Il se revoyait poser les mains sur le clavier, attaquer le premier trait, puis plus rien. Pas même la transition entre les deux morceaux ; seulement qu'il avait passé ses mains sur l'étoffe de son pantalon pour en essuyer la moiteur.

Et puis qu'il y avait une tache de lumière vive sur sa gauche. Peut-être le reflet d'une vitre, et que cette lumière lui pressait la tempe.

Si… et qu'à un moment, ses doigts avaient échappé à son contrôle pour accélérer leur course effrénée vers le gouffre du dernier accord.

À la fin, il s'était levé, s'était incliné vers le jury en souriant, et avait surpris des bouches entrouvertes et des sourcils haussés, ou froncés, selon les auditeurs de son étrange prestation.

Dehors, dans le vacarme de la rue, il retrouva Sylvia, encadrée par un couple penché sur elle. L'homme, un géant aux allures de bûcheron, portait un blouson invraisemblable et une barbe grise, la femme était toute petite, et ronde comme une brioche.

Sylvia répondait à leurs questions tout en serrant contre elle le petit Guillaume qui avait passé ses bras autour de sa taille et plaqué sa tête contre sa hanche. La vue de ces trois gardes du corps arrêta Quentin. Seuls leurs regards flottèrent à la rencontre l'un de l'autre.

Au même moment, son téléphone sonna et, voyant s'afficher le numéro de sa mère, il lui répondit.

— Alors ? fit sa voix angoissée.

— Ça s'est bien passé, maman, ne t'inquiète pas.

— Mais encore ?

— Écoute, j'ai fait de mon mieux, voilà, de mon mieux. Mais j'ai joué trop vite, une vraie folie. J'ai grillé le tempo ! Je ne peux pas t'en dire plus. Mais l'essentiel, c'est que ce soit fait. Me voilà débarrassé !

Un silence catastrophé au bout de la ligne. Quentin ne lâchait pas le regard de Sylvia qui, à trois mètres, se débrouillait pour discuter avec le couple et occuper Guillaume, sans perdre Quentin de vue.

— Maman ?

— Oui ?

— Et toi ?

— Eh bien contre toute attente, ta grand-mère va mieux. Je vais pouvoir rentrer avec toi… Je suis épuisée… On va prendre le premier train.

— Rentre, bien sûr. Moi, je ne vais peut-être pas rentrer tout de suite…

— Comment ?!

— Calme-toi, maman, on va déjeuner ensemble, et ensuite on verra.

— Mais il y a un train dans une demi-heure ! Et le prochain, n'est pas avant 7 heures du soir ! Quentin, je te répète que je suis épuisée ! J'ai passé la nuit debout. Je veux rentrer tout de suite !

À quelques pas, Sylvia, manifestement, manœuvrait pour entraîner ses gardes du corps dans la direction de Quentin. Il prit une grande inspiration :

— Je comprends, je comprends… Mais écoute-moi, maman. Tu n'as qu'à prendre ce train sans moi, j'ai quelque chose à faire d'important ici, et je te promets de prendre le suivant. Nous aurons tout le temps de parler ce soir. Je t'expliquerai…

— Quentin, c'est ridicule !

Sur le point d'être rejoint, Quentin était maintenant la cible du regard appuyé de quatre personnes.

— Maman, ce n'est pas ridicule, c'est légitime. J'ai le droit de prendre ce moment, c'est important !

— Tu ne tiens aucun compte de ma fatigue, c'est quand même incroyable !

Sylvia était devant lui, à lui sourire. Quentin jeta avant de couper son téléphone :

— À ce soir, maman.

Avec cette simplicité qu'elle mettait apparemment à toute chose, Sylvia présenta Quentin à son oncle et à sa tante. Guillaume, qui le connaissait déjà, ajouta pour faire l'important :

— C'est un copain de son collège. Lui aussi, il est de Besançon !

Les deux jeunes gens évitèrent de relever la remarque, et Sylvia enchaîna sur sa prestation devant le jury. "Nul !", déclara-t-elle dans un rire léger. Elle s'était complètement plantée dans le presto de la sonate de Beethoven, et avait bâclé la fin.

L'oncle et la tante prirent le même air apitoyé tandis que Quentin se dépêchait de déclarer qu'il n'avait pas davantage brillé.

— Alors, ce sera pour l'année prochaine ! conclut paisiblement l'oncle.

— Et cette fois, on pourra travailler ensemble, osa Quentin en proie à une ivresse qui lui donnait toutes les audaces.

— Excellent, excellent, marmotta l'oncle. Et si on allait déjeuner maintenant ? Si vous n'avez rien de mieux à faire, jeune homme, vous êtes notre invité. Sylvia nous a raconté comment vous l'avez tirée d'affaire dans le train, hier.

Rien de mieux à faire... Sa mère, à cet instant, devait se diriger toute seule vers la gare de Lyon, éberluée par la conduite de son fils. Ce ne fut qu'une vision fugitive. Ce soir, ce soir, il s'expliquerait, elle comprendrait, peut-être... Parfois, on n'a pas le choix du mauvais rôle...

Après avoir reçu un coup d'œil encourageant du côté de Sylvia, Quentin se décida à accepter l'invitation.

Tandis qu'ils marchaient côte à côte, il se dit que le soulagement d'être libéré du concours, un soulagement qu'il avait savouré d'avance, était totalement escamoté par l'étrangeté de ce qu'il vivait à cet instant. À côté de cet oncle et de cette tante pittoresques, Sylvia faisait déjà figure de vieille connaissance. Il se rapprocha d'elle et aligna son pas sur le sien, sans oser lui prendre la main.

Devant eux, Guillaume sautillait sur le trottoir en chantant qu'il allait manger des frites. La petite tante avait glissé son bras sous la manche du gros blouson et affichait un contentement tranquille. On aurait dit une famille au grand complet, venue se divertir sur les Grands Boulevards, un beau samedi d'hiver.

Devant le restaurant qu'il avait élu péremptoirement, l'oncle se frotta les mains :

— Entrons, entrons, j'ai une faim de loup !

Quentin s'écarta alors d'un pas :

— Excusez-moi, je vous rejoins dans un instant ; j'ai juste un coup de téléphone à passer.

Sur la messagerie de Sylvain Aubier, il laissa ces quelques mots :

"Monsieur Aubier… je vous appelle pour vous dire que tout s'est bien passé. Enfin, j'ai joué, voilà, pas trop mal, mais trop vite. Je ne serai pas pris, mais ce n'est pas grave. Il sera toujours temps de me représenter l'année prochaine, si j'en ai encore envie… Monsieur Aubier… je voulais aussi vous dire merci pour tout. Merci surtout de m'avoir convaincu d'aller jusqu'au bout. Grâce à vous, il m'arrive quelque chose d'important… Une dernière chose : je serai lundi au collège à 8 h 30 en salle 12. Comme d'habitude. Puisque c'est ainsi qu'il faut faire…"

L'AUTEUR

Françoise Grard est professeur de lettres. C'est parce que les livres ont été les compagnons fidèles de son enfance voyageuse qu'elle a entrepris d'écrire pour la jeunesse.

Elle a une tendresse particulière pour l'adolescence, qu'elle aborde à travers des thèmes comme la vie familiale, l'amitié ou les premiers ébats amoureux. Elle aime aussi beaucoup écrire des histoires policières.

L'essentiel de son œuvre est publié aux éditions Actes Sud Junior, soit une douzaine de romans.

Son site internet : www.fgrard.com

Achevé d'imprimer
en septembre 2008
par l'Imprimerie Floch à Mayenne
pour le compte des éditions
ACTES SUD
Le Méjan
Place Nina-Berberova
13200 Arles.

Dépôt légal
1re édition : octobre 2008
N° impr. 72010
(Imprimé en France)